JN129939

おれはケッコンした

本田久作・作
市居みか・絵

ポプラ社

おれは教室《きょうしつ》で
「ウンコ！」とさけんだ。
そしたら、クラスの女子《じょし》と
結婚《けっこん》することになった。
なんでだ？
だれか、おれに教《おし》えてくれ。

もくじ

1 おれはドクロの絵《え》をかいた……5
2 鈴《すず》木《き》がおしりのあなの絵《え》をかいた……25
3 おれはウンコ魔《ま》神《じん》の絵《え》をかいた……39
4 鈴《すず》木《き》があいあいガサをかいた……71

5 おれは日《ひ》野《の》の顔《かお》の絵《え》をかいた……93

6 川《かわ》崎《さき》がおれの絵《え》をあてた……113

7 おれも川《かわ》崎《さき》の絵《え》をあてた……133

あとがき……142

1 おれはドクロの絵《え》をかいた

二時間目《にじかんめ》は図画工作《ずがこうさく》の時間《じかん》だった。

「クレヨンで、なんでも好《す》きなものをかいてください」

そう言《い》って、光岡先生《みつおかせんせい》はおれたちに画用紙《がようし》をくばった。

それは、いつもの白《しろ》ではなくて、まっ黒《くろ》な画用紙《がようし》だった。

おれは画用紙《がようし》に黒《くろ》なんてあるのを知《し》らなかった。

みんなも知《し》らなかったみたいで、

「うわー、黒《くろ》だ、黒《くろ》」

「墨《すみ》みたい」

「ブラアアアック！」

と、さわいでいる。

おれもさわいだ。

「これにかくの！　おもしろそーっ！」

かくものはすぐに決《き》まった。

どうくつの暗《くら》やみの中《なか》で、白《しろ》くぶきみに光《ひか》るガイコツだ。

そのドクロの前《まえ》でとぐろをまいているのは、地下《ちか》にだけ生息《せいそく》する毒《どく》ヘビだ。どうくつのかべには、ふしぎなもようがえがかれている。

これは、ガイコツになってしまった男《おとこ》がまだ生《い》きているとき、指先《ゆびさき》を食《く》いちぎり、そこからあふれでる血《ち》でかいた暗号《あんごう》だ。

解読《かいどく》すれば、男《おとこ》をこのどうくつにとじこめた犯人《はんにん》の名前《なまえ》と金塊《きんかい》のかくし場所《ばしょ》がわかるようになっている。

おお、なんかカッコいい。

そう思《おも》いながらかいているときは、クレヨンを持《も》つ手《て》が、かってにどんどんうごいていく。

つぎに何色《なにいろ》でどんな線《せん》をかけばいいのか、どのクレヨンでどこをぬりつぶせばいいのか、手《て》がとっくに知《し》ってるみたいだ。

だから、絵《え》はあっというまにできあがってしまった。

おれはいきなりすごくヒマだ。

おれは絵《え》は、かくのが好《す》きだけど、見《み》るのも好《す》きだから、こういうときは、人《ひと》の絵《え》を見《み》る。

まず、左《ひだり》どなりの、日野《ひの》レイの絵《え》を見《み》た。

日野《ひの》はクラスの中《なか》で一番《いちばん》背《せ》が高《たか》くて、気《き》も強《つよ》い。ケンカをしたら、たぶんだれにも負《ま》けないワイルドな女子《じょし》だ。

だけど、かく絵《え》はいつもほわほわして、かわいらしい。

今《いま》、日野《ひの》がかいているのは、真夜中《まよなか》の雪《ゆき》だるまだった。

まっ白《しろ》な雪《ゆき》だるまの上《うえ》にふりかかる雪《ゆき》のひとつぶひとつぶを、少《すこ》しずつていねいにかいている。そういうところが、すごく日野《ひの》らしい。

おれはもっとちゃんと見《み》たくて、体《からだ》を日野《ひの》のほうへのりだした。

そしたら、こっそり見《み》ていたのが、日野《ひの》にバレた。

「見《み》ないでよお」

日野《ひの》があわてて手《て》で絵《え》をかくし、まっかな顔《かお》でおれをにらむ。

「見《み》ないで」と言《い》われたものを見《み》た人《ひと》は、エッチなヤツと言《い》われてしまう。

おれはあわてて、目《め》をそらした。そして、日野《ひの》とは逆《ぎゃく》のほうの、おれからしたら右《みぎ》どなりの席《せき》を見《み》た。

そっちは鈴木《すずき》ヒロトの席《せき》で、鈴木《すずき》は、ビックリ！　画用紙《がようし》にまだなにもかいていない。

授業《じゅぎょう》がはじまって、もう半分以上《はんぶんいじょう》もたっているのに、だ。

おれはこういうのを見《み》るとドキドキする。八月三十一日《はちがつさんじゅういちにち》に、なにもかいていない夏休《なつやす》みの宿題《しゅくだい》ノートを見《み》るような気分《きぶん》だ。

「おまえ、なにしてんだ。はやくかけよ」

授業中《じゅぎょうちゅう》だからいちおう小声《こごえ》で、おれがよけいなお世話《せわ》を言《い》うと、

「もう、かいた」

と、鈴木《すずき》はよゆうの顔《かお》で言《い》う。

「ぜんぜんかいてないだろ」

「かいたよ。よく見《み》ろ」

鈴木《すずき》が黒《くろ》の画用紙《がようし》の上《うえ》をちょんちょんと指《ゆび》さした。

ほんとうだ。よく見《み》ると、あっちこっちに白《しろ》い点《てん》がかいてある。

「なに、それ？」

「これは、ごはんつぶ」

「だから、なに？」

「わかんないのか。この黒《くろ》の画用紙《がようし》全《ぜん》体《たい》が、おにぎりののりなんだよ。それでこの絵《え》は、そののりにごはんつぶがついてるところ」

授業《じゅぎょう》がおわる三分前《さんぷんまえ》が、絵《え》を提出《ていしゅつ》する時間《じかん》だった。

鈴木《すずき》は堂々《どうどう》と「ごはんつぶのついたのり」の絵《え》を提出《ていしゅつ》した。

ついでに、

「これはぼくの最高傑作《さいこうけっさく》だ」

と、じまんもした。

鈴木《すずき》の最高傑作《さいこうけっさく》はコロコロかわる。これの前《まえ》の最高傑作《さいこうけっさく》は、白《しろ》の画用《がよう》紙《し》になにもかかなかった絵《え》で、題《だい》は「とうふ」だった。

あれにくらべると、今度《こんど》の最高傑作《さいこうけっさく》は、白《しろ》の点《てん》をかいてるだけ、まだ絵《え》だ。

そんなことをおれが考《かんが》えていると、学級委員《がっきゅういいん》の川崎《かわさき》ヒミコが手《て》をあげて、先生《せんせい》に聞《き》いた。

「どうして、今日《きょう》は黒《くろ》の画用紙《がようし》に絵《え》をかいたんですか？」

川崎《かわさき》はいつもいい質問《しつもん》をする。じつはおれもそれ、聞《き》きたいと思《おも》っていたんだ。

「白《しろ》のクレヨンを、ほかの色《いろ》のクレヨンと同《おな》じようにつかってほしかったの」

先生《せんせい》はそう言《い》って、イタズラがばれた子《こ》どもみたいに、うふふとわらった。

みんな、一瞬《いっしゅん》、先生《せんせい》が言《い》ったことの意味《いみ》がわからなかった。でも、自《じ》分《ぶん》がどんな絵《え》をかいたのか思《おも》いだして、

「あっ、そうか」

と、なっとくした。

黒《くろ》い紙《かみ》の上《うえ》にかいたから、おれたちはふだんつかわない白《しろ》のクレヨンをたくさんつかった。自分《じぶん》でも気《き》づかないうちに、白《しろ》をちゃんと色《いろ》の一《いっ》種《しゅ》としてつかっていた。

ははあ、なるほど、そうだったのか。

だから光岡先生《みつおかせんせい》の図画工作《ずがこうさく》の時間《じかん》はおもしろい。

いつもかならず、なにか「へー」と思《おも》うことがある。

その光岡先生《みつおかせんせい》が授業《じゅぎょう》のおわりにこう言《い》った。

「今度《こんど》の図画工作《ずがこうさく》の時間《じかん》には、みんな、かがみを持《も》ってきてください」

一学期《いちがっき》までは、図工《ずこう》は週《しゅう》に一度《いちど》で二時間連続《にじかんれんぞく》だったけど、二学期《にがっき》になってから、週二回《しゅうにかい》の一時間《いちじかん》ずつになった。つぎの図工《ずこう》の時間《じかん》はあさってだ。


休《やす》み時間《じかん》になっても、おれは自分《じぶん》の席《せき》で、さっき先生《せんせい》の言《い》ったことを考《かんが》えていた。

かがみを持《も》ってきてください、と先生《せんせい》は言《い》ってたけど、じゃあおれたちは、かがみをつかって、なんの絵《え》をかくんだ？

そしたら川崎《かわさき》がやってきて、

「ガイコツの絵《え》、カッコいいね」

と、いきなり、おれに言《い》う。

なんのことを言《い》ってるのか、一瞬《いっしゅん》わからなかった。けど、すぐにわかった。さっきの図工《ずこう》の時間《じかん》にかいた、おれの絵《え》のことだ。

「えっ、なんで川崎《かわさき》、おれがドクロをかいたって知《し》ってるの？」

「わたし、すばるくんの列《れつ》の一番前《いちばんまえ》の席《せき》だから、絵《え》をうしろからあつめていったら、列《れつ》の人《ひと》の絵《え》が全部《ぜんぶ》見《み》れちゃうんだ」

「でも、どれがだれの絵《え》か、わからないだろ」

絵《え》をかいた人《ひと》の名前《なまえ》は、画用紙《がようし》のうらに

かくことになっている。いくら一番前《いちばんまえ》の席《せき》だからって、画用紙《がようし》を一枚《いちまい》ずつひっくりかえして、名前《なまえ》をチェックする時間《じかん》はない。

「すばるくんの絵《え》は、見《み》ただけですぐに、すばるくんがかいたって、わかるよ」

「なんでわかるんだよ」

と、おれが聞《き》いたのは、「すばるくんの絵《え》、うまいから」と言《い》ってもらいたかったからだった。

それなのに川崎《かわさき》は、

「わたし、すばるくんの絵《え》、好《す》きだから」

と、おれが期待《きたい》したのとは、ちょっとちがうことを言《い》った。

いや、ちょっとじゃなくて、だいぶちがう。

「すばるくんの絵《え》、うまい」というのは、「すばるくん、すごい」ってことだ。けど、「すばるくんの絵《え》、好《す》き」っていうのは「すばるくん、好《す》き」に近《ちか》い。それはヤバい。

と思《おも》っていたら、となりの席《せき》の鈴木《すずき》が、

「絵《え》がどうしたの？」

と、いきなり言《い》ってきたので、おれはとっさにごまかした。

「先生《せんせい》がかがみを持《も》ってくるように言《い》ってたけど、あれでなんの絵《え》をかくのかなあ、と思《おも》ったんだ」

するとと鈴木《すずき》が、

「それ、ぼくも気《き》になっていたんだけど」

と、話《はなし》に食《く》いついてきてくれたのはよかったのだけど、

「ぼくは、おしりのあなだと思《おも》うんだ」

と、さすがは鈴木《すずき》で、メチャクチャなことを言《い》いだした。

「おまえ、なに言《い》ってんだよ。そんなはずないだろ」

「そんなはずあるよ。だったら、豊田《とよた》、おまえ、かがみをつかわずに自《じ》

分《ぶん》のおしりのあな、見《み》れるか？」

と鈴木《すずき》に聞《き》かれて、おれは自分《じぶん》で自分《じぶん》のおしりのあなを見《み》ようとしているところを想像《そうぞう》してみた。

ほんとうだ。鈴木《すずき》の言《い》うとおりだ。

「ムリだ。かがみがないと見《み》れない」

「ほら、みろ」

と、鈴木《すずき》はいばった。

「だから、今度《こんど》の図工《ずこう》の時間《じかん》はみんなで、かがみをつかって自分《じぶん》のおしりのあなの絵《え》をかくんだ」

「そっかー、そうだったのかー」

おれは、すごくなっとくしてしまった。

おれは家《いえ》に帰《かえ》ると、学校《がっこう》であったことをねえちゃんたちに話《はな》す。「ねえちゃん」ではなくて、「ねえちゃんたち」なのは、おれにはねえちゃんが三人《さんにん》いるからだ。

その日《ひ》おれは、大《おお》きいねえちゃんがいれてくれたココアをのみながら、ねえちゃんたちに、黒《くろ》い画用紙《がようし》にかいた絵《え》と、かがみと、おしりのあなの話《はなし》をした。

そしたら、小《ちい》さいねえちゃんにしかられた。

「すばる、あんたほんとうに、図工《ずこう》の時間《じかん》におしりのあなの絵《え》をかくと思《おも》ってんの」

「えっ、やっぱりちがうのか？」

「なにが『やっぱり』よ。絶対《ぜったい》ちがうに決《き》まってるでしょ。そんな絵《え》をかこうと思《おも》ったら、授業中《じゅぎょうちゅう》に、みんな、パンツをぬがないといけないじゃないの」

「あっ、ほんとうだ」

おれはようやく鈴木《すずき》にだまされていたことに気《き》がついた。けれども、おれに真実《しんじつ》をつたえてくれた小《ちい》さいねえちゃんは、

「いすず！　あんたこそ、なに言《い》ってんの」

と、まん中《なか》のねえちゃんにしかられた。

「授業中《じゅぎょうちゅう》にパンツをぬぐとか、おしりのあなとか、そんな話《はなし》、やめなさい」

「カレンちゃんだって、今《いま》、おしりのあなって言《い》ったじゃない」

ふたりがケンカをはじめたその横《よこ》で、大《おお》きいねえちゃんが、おれに聞《き》いた。

「すばるが鈴木《すずき》くんとその話《はなし》をしてるとき、川崎《かわさき》さんはどうしてたの？」

「それがふしぎなんだよ。おれと鈴木《すずき》が『そっかー、おしりのあなかあ、おしりのあなだったんだあ』って、もりあがって、気《き》がついたときには、

川崎《かわさき》のすがたは忍者《にんじゃ》のように消《き》えうせていたんだ」

「それ、ぜんぜんふしぎじゃないよ」

と、まん中《なか》のねえちゃんが言《い》った。

「川崎《かわさき》さん、あんたたちにあきれて、どっかへ行《い》っちゃったんだよ」

「そうだよ。すばる、ふられたんだよ」

と、小《ちい》さいねえちゃんが言《い》った。

「せっかく、女《おんな》の子《こ》の川崎《かわさき》さんのほうから、すばるのこと『好《す》きです』って言《い》ってくれたのに」

「川崎《かわさき》はそんなこと言《い》ってないよ」

「言《い》ったよ」

「いつ、言《い》った？」

「『すばるくんの絵《え》、好《す》き』って言《い》ったんでしょ？　それって、『すばるくんのこと、好《す》き』ってことだよ」

「げっ！」

おれはさけんだ。

「あれはやっぱりそういう意味《いみ》だったのか」

おれは顔《かお》が熱《あつ》くなってきた。かがみで見《み》なくても、顔《かお》が赤《あか》くなったのがわかる。

小《ちい》さいねえちゃんは、こういうのを見《み》のがさない。

「うわー、すばる、川崎《かわさき》さんに『愛《あい》してる』って言《い》われて、顔《かお》がまっかになってる」

川崎《かわさき》はそんなすごいことは言《い》ってない。けど、おれの顔《かお》が赤《あか》いのはほんとうだ。

そのせいで、川崎《かわさき》が「愛《あい》してる」と言《い》った、

という小《ちい》さいねえちゃんのウソまで、ほんとうっぽくなってきた。

「いすず！　すばるをからかうの、やめなさい」

大《おお》きいねえちゃんが小《ちい》さいねえちゃんをしかってくれた。

「ふたりはふだんは仲《なか》いいのに、なんでつまんないことでケンカするの」

「仲《なか》よくないもん」

「そんなことないでしょ。この前《まえ》なんか、すばるの絵《え》のモデルになって、かいてもらってたじゃないの」

それは三日前《みっかまえ》のことだ。小《ちい》さいねえちゃんがリビングのソファーにすわっているところが、絵《え》にかくとよさそうな感《かん》じだった。それでおれは、「そのまま、ジーッとしてて」とおねがいして、小《ちい》さいねえちゃんを、家《いえ》でかく用《よう》のクレヨンで絵《え》にかいた。

おれは絵《え》をかくのが好《す》きだから、学校《がっこう》の図工《ずこう》の時間《じかん》だけでなく、家《いえ》でも絵《え》をかく。そうするために、家《いえ》でかく用《よう》のクレヨンと画用紙《がようし》も持《も》っている。

「あの絵《え》もじょうずにかけてたよね。いすずにそっくりだった」

と、まん中《なか》のねえちゃんがおれの絵《え》をほめた。

するとと小《ちい》さいねえちゃんが、

「わたし、あんなブスじゃない」

と、もんくを言《い》った。

「それは、しかたないよ」

と、おれは小《ちい》さいねえちゃんをなぐさめた。

「おれは見《み》たとおりにかくんだから」

そしたら小《ちい》さいねえちゃんが、ますますおこった。

2 鈴《すず》木《き》がおしりのあなの絵《え》をかいた

つぎの日《ひ》の昼休《ひるやす》み、トイレに行《い》って教室《きょうしつ》にもどると、黒板《こくばん》にでっかく、

＊

と、記号《きごう》のような、絵《え》のようなものがかいてあった。

そしてその横《よこ》にヘタくそな字《じ》で「おしりのあな」とかいてあり、その前《まえ》に鈴木《すずき》がチョークを持《も》ってニヤニヤわらって立《た》っている。

そんな鈴木《すずき》と鈴木《すずき》のかいたおしりのあなの絵《え》を見《み》て、おれはやっと昨日《きのう》の川崎《かわさき》の気持《きも》ちがわかってきた。

おしりのあなでよろこんでるヤツは、バカだ。

バカは無視《むし》したほうがいい。というか、バカは無視《むし》するしかない。

だからおれもなにも言《い》わずに、鈴木《すずき》の横《よこ》を通《とお》って、自分《じぶん》の席《せき》にもどろうとした。

それなのに鈴木《すずき》が、

「おい、豊田《とよた》」

と言《い》ってきたので、おれは思《おも》わず、

「なんだよ」

と、へんじをした。

このときは気《き》がつかなかったけど、あとから考《かんが》えたら、じつはここが運命《うんめい》のわかれ道《みち》だった。もしもこのとき、おれが鈴木《すずき》を無視《むし》していたら、これからあとの事件《じけん》は起《お》きなかった。

けれども、そんなことを知《し》らないおれは、「なんだよ」と、へんじをしてしまった。

そしたら鈴木《すずき》が、

「これ、ぼくがかいたんだ」

と黒板《こくばん》を指《ゆび》さした。

「知《し》ってるよ」

「おしりのあななんだ」

「それも知《し》ってる」

「なんで知《し》ってるんだ？」

「そこに『おしりのあな』ってかいてあるじゃないか」

おれがそう言《い》ってやると、

「あっ、そうか」

鈴木《すずき》はなっとくしてから、

「かがみで見《み》たんだ」

と、おれにじまんした。

ほんとうに自分《じぶん》のおしりのあなをかがみで見《み》たのか！

やっぱり鈴木《すずき》はバカだ。と、おれがあきれていると、鈴木《すずき》が、

「豊田《とよた》、おまえのおしりのあなもかいてやるよ」

と、手《て》にチョークを持《も》ったまま、黒板《こくばん》に向《む》かった。

そんなもの、かかれてたまるか。

おれは鈴木《すずき》の手《て》からチョークをうばいとった。

鈴木《すずき》が、

「なにすんだよお」

と、おれの手《て》からチョークをうばいかえそうとする。

そのとき、女子《じょし》のグループが教室《きょうしつ》にはいってきた。その中《なか》のひとりが、黒板《こくばん》にかいてあるおしりのあなの絵《え》を見《み》て、

「きゃあ」

と、おどろいた。

これはまずい、とおれは思《おも》った。

ヘンなことをして、「きゃあ」とか「いやあ」といやがられると、鈴木《すずき》はよろこぶ、という性質《せいしつ》を持《も》っている。よろこんだ鈴木《すずき》はもっとヘンな

ことをする。

おれは鈴木《すずき》とは、三年連続《さんねんれんぞく》で同《おな》じクラスだから、鈴木《すずき》の習性《しゅうせい》にはくわしいんだ。

おれの予想《よそう》はあたった。「きゃあ」という反応《はんのう》によろこんだ鈴木《すずき》は、

「おしりのあなだよ～ん」

と歌《うた》いながら、ヘンなおどりをおどりだした。

その歌《うた》とおどりのまっ最中《さいちゅう》に、

川崎《かわさき》ヒミコが教室《きょうしつ》にはいってきた。

あな

川崎《かわさき》はおどっている鈴木《すずき》をチラッと見《み》て、世界《せかい》で一番《いちばん》見《み》たくないものを見《み》てしまった、という顔《かお》をした。それから黒板《こくばん》のラクガキを見《み》て、おれを見《み》て、最後《さいご》におれの手《て》を見《み》て、

「あっ」

と、おどろいた。

おれが手《て》にチョークを持《も》っていたからだ。「だったら、このおしりのあなの絵《え》をかいたのは、すばるくんだ」と、川崎《かわさき》は思《おも》ったんだ。「すばるくんが絵《え》をかいて、鈴木《すずき》くんがその絵《え》にあわせて歌《うた》っておどってるんだ」と思《おも》ったんだ。

だからそれは、「わるいのはすばるくんで、鈴木《すずき》くんはすばるくんの命令《めいれい》でイヤイヤ、ヘンなおどりをおどらされているんだ」になる。「だって、あんなヘンなおどり、罰《ばっ》ゲームか命令《めいれい》以外《いがい》でおどったりするはずないもん！」だ。

だけど、それは誤解《ごかい》だ。ぜんぜんちがう。

鈴木《すずき》はよろこんで、自分《じぶん》からヘンなおどりをおどるような人間《にんげん》だ。

だからおれは、川崎《かわさき》に「ちがう」と言《い》おうとしたのだけど、おれがそう言《い》うよりさきに、川崎《かわさき》はだまって黒板《こくばん》まで行《い》って、黒板消《こくばんけ》しで鈴木《すずき》のかいたラクガキを消《け》した。

とたんに鈴木《すずき》はおどりをやめて、

「なんで消《け》すんだよお」

と、もんくを言《い》った。

すると、川崎《かわさき》は、

「黒板《こくばん》にかってに、なにかかいちゃダメなんだよ」

と鈴木《すずき》ではなく、おれに言《い》った。

やっぱりだ。やっぱりおれは川崎《かわさき》に誤解《ごかい》されている。

「ちがう、ちがう」おれはまた、そう言《い》おうとした。けれども、おれが

そう言《い》うよりさきに、今度《こんど》は日野《ひの》レイが教室《きょうしつ》にはいってきて、

「どうしたの？」

と川崎《かわさき》に聞《き》いた。

日野《ひの》と川崎《かわさき》は仲《なか》がいい。たぶん親友《しんゆう》だ。だから、日野《ひの》は川崎《かわさき》に聞《き》いたのに、その質問《しつもん》にこたえたのは鈴木《すずき》だった。

「黒板《こくばん》にかいた絵《え》を川崎《かわさき》がかってに消《け》しちゃったんだ」

日野《ひの》は「ふーん」とだけ鈴木《すずき》にへんじをして、また川崎《かわさき》に聞《き》いた。

「なんの絵《え》がかいてあったの？」

川崎《かわさき》が急《きゅう》に顔《かお》を赤《あか》くして、チラッとおれのほうを見《み》た。そしてなにか言《い》いかけて、でも、なにも言《い》わずにうつむいた。

これはまずい、とおれは思《おも》った。

川崎《かわさき》は、自分《じぶん》の口《くち》から「おしりのあなの絵《え》」とは言《い》いたくなかったんだろう。けど、だからって、今《いま》みたいな態度《たいど》をとったら、たぶんおれは、

今度《こんど》は日野《ひの》からも誤解《ごかい》される。

おれの、そのよくない予想《よそう》は完全《かんぜん》にあたった。日野《ひの》はいきなりこわい顔《かお》で、

「ヒミコちゃんに、なにしたんだよお」

と鈴木《すずき》にどなり、おれをにらんだ。

日野《ひの》は、おれと鈴木《すずき》がふたりがかりで、川崎《かわさき》をいじめたと思《おも》ったんだ。

おれはまたしても、「ちがう」と言《い》おうとした。けれども、またしても、おれがそう言《い》うよりさきに、今度《こんど》は鈴木《すずき》が日野《ひの》に、

「おしりのあなだよ〜ん」

と言《い》った。

日野《ひの》は「えっ?」とおどろき、体《からだ》のうごきがとまった。口《くち》をぽかんとあけたまま、さっきの川崎《かわさき》みたいに急《きゅう》に顔《かお》を赤《あか》くした。

「おしりのあな」という言葉《ことば》がはずかしかったんだ。

けれども、それで日野《ひの》のうごきがとまったのは一瞬《いっしゅん》のことで、日野《ひの》はいかりのパワーで、そのはずかしさを一気《いっき》にふりはらった。そして、

「ふざけんな！」

と、鈴木《すずき》を思《おも》いきりどなりつけた。

日野《ひの》は、鈴木《すずき》にバカにされたと思《おも》ったんだ。

おれだって、いきなりだれかに「おしりのあなだよ～ん」と言《い》われたら、バカにされたと思《おも》う。

でも、鈴木《すずき》は日野《ひの》をバカにしたわけじゃない。言《い》い方《かた》はバカにしてたみたいだけど、鈴木《すずき》にしてみたら、ちょっと前《まえ》に日野《ひの》が聞《き》いた「なんの絵《え》がかいてあったの？」という質問《しつもん》にこたえたつもりだ。

でも、そんなこと、日野《ひの》にわかるはずがない。

日野《ひの》はクラスで一番《いちばん》背《せ》が高《たか》くて、ケンカをしたら、たぶんだれよりも強《つよ》い。その日野《ひの》がメチャクチャおこり、鈴木《すずき》を両手《りょうて》でドンとついた。

鈴木《すずき》がよろけて、おれにぶつかった。
ついでに、おれの足《あし》を思《おも》いきりふんづけた。
すごくいたい。
「なにすんだよ！」
おれが日野《ひの》にどなると、
「うるさい！」
日野《ひの》がおれにどなりかえした。
おれはなにもしていない。ただ、鈴木《すずき》が黒板《こくばん》にかいたヘンなラクガキを見《み》ただけだ。
それどころかおれは、もっとラクガキをしようとした鈴木《すずき》をとめている。
それなのに、なんでこんな目《め》にあわないといけないんだ。
おれはいかりの目《め》で日野《ひの》を見《み》た。

日野《ひの》もいかりの目《め》でおれを見《み》かえした。
そしたら、五時間目《ごじかんめ》の授業《じゅぎょう》がはじまるチャイムが鳴《な》った。

3

おれはウンコ魔《ま》神《じん》の絵《え》をかいた

授業《じゅぎょう》がはじまったら席《せき》につかないといけない。

おれの右《みぎ》どなりが鈴木《すずき》で、左《ひだり》どなりが日野《ひの》だ。

さっきまでケンカしてた三人《さんにん》が、おとなしくならんですわっているのって、なんかマヌケだ。

そう思《おも》ったら、さっきまでのいかりは一瞬《いっしゅん》でとけた。

だいたい、なんでおれが日野《ひの》とケンカしなくちゃいけないんだ。

それは日野《ひの》が誤解《ごかい》したからだ。

だったら、その誤解《ごかい》をとけばいい。

さっきの昼休《ひるやす》み、なにがあって、どうなったのかをきちんと説明《せつめい》すれば、日野《ひの》ならきっとわかってくれる。

おれは授業《じゅぎょう》そっちのけで、ノートに絵《え》をかきだした。

説明《せつめい》するんだったら、言葉《ことば》ではなく、絵《え》で見《み》せたほうが、わかりやすいと思《おも》ったんだ。

おれはまず、鈴木《すずき》がひとりで黒《こく》板《ばん》にラクガキをしているところを絵《え》にかいた。

つぎに、おれが鈴木《すずき》のラクガキを見《み》ておどろいているところをかき、そのつぎに、おれが鈴木《すずき》からチョークをうばいとっている絵《え》をかいた。

できあがったのを見《み》て、

「おおっ、なんか、おれがいつもかいてる絵《え》とちがう」

と、おれはうれしくなってきた。

これって、絵《え》本《ほん》の絵《え》みたいだ。

それとも、マンガの絵《え》っぽいのか。どっちにしても、こういう絵《え》をかくのもおもしろい。

そう思《おも》いながら、おれはつぎに、川崎《かわさき》が黒板《こくばん》のラクガキを見《み》てビックリしているところをかいた。

そしてそのつぎに、日野《ひの》が教室《きょうしつ》にはいってきた場面《ばめん》をかこうとしたところで、それまでスラスラうごいていたおれの手《て》が、ぴたりととまった。

日野《ひの》がうまくかけないんだ。

鈴木《すずき》も川崎《かわさき》も、それからおれも、かなりそっくりにかけたのに、日野《ひの》だけはどうかいても日野《ひの》に見《み》えない。

うーん、どうやってかけばいいんだろう、とおれが考《かんが》えていると、左《ひだり》のほうから、だれかに見《み》られているオーラを感《かん》じた。

チラッとそっちを見《み》ると、日野《ひの》が横目《よこめ》でおれのノートを見《み》ている。

おれが授業中《じゅぎょうちゅう》になにかごそごそやってるのが気《き》になったんだ。

絵《え》はまだかきかけだけど、だいたいできあがっている。だったら今《いま》、日野《ひの》がこっちを見《み》ている、このタイミングでわたしてしまおう。

おれは速攻《そっこう》で、でも先生《せんせい》には見《み》つからないようにこっそり、

ピリピリピリピリ

と、ノートのページをちぎると、つくえの下《した》から日野《ひの》に手《て》わたした。

そのとき、日野《ひの》の顔《かお》がチラッとおれの視界《しかい》にはいった。その瞬間《しゅんかん》、

「あっ、そうか」

おれは気《き》がついた。

そうだ、日野《ひの》の顔《かお》ってこんなふうだった。

やっぱり記憶《きおく》だけをたよりにかくのはダメだ。ちゃんと実物《じつぶつ》を見《み》てかかないと。

おれは、今見《いまみ》た日野《ひの》の顔《かお》をわすれないうちに、またノートに日野《ひの》の絵《え》をかきだした。

今度《こんど》は日野《ひの》の顔《かお》だけを、ノート一面《いちめん》にでかでかとかく。

でも、とちゅうでまたわからなくなったので、チラッと日野《ひの》の顔《かお》をぬすみ見《み》した。

そしたら日野《ひの》は、おれがかいた絵《え》をジーッと見《み》ていた。

おれは自分《じぶん》がかいた絵《え》を日野《ひの》にジーッと見《み》てもらって、すごくうれしかった。


授業《じゅぎょう》がおわって、先生《せんせい》が教室《きょうしつ》からでていくと、日野《ひの》はいきなりおれのほうをバッと見《み》て、

「ごめん」

と、おれに頭《あたま》をさげた。

おれは、

「うん」

と、へんじをした。

そして、おれと日野《ひの》は、一瞬《いっしゅん》ジッと見《み》つめあい、ふたり同時《どうじ》にニカッとわらった。

日野《ひの》はおれのかいた「黒板《こくばん》の前《まえ》で、なにがどうしてこうなったのか物語《ものがたり》」の絵《え》を見《み》て、自分《じぶん》が誤解《ごかい》していたことに気《き》づいてくれたんだ。

しかも、それでぐちゃぐちゃ言《い》いわけしたりせず、あっさり「ごめん」とおれにあやまってくれた。その気持《きも》ちが一瞬《いっしゅん》でおれにつたわったので、おれもぐちゃぐちゃ言《い》わずに「うん、わかった」の、「うん」だけでへんじをした。

「ごめん」と「うん」だけで、おれと日野《ひの》の心《こころ》が通《つう》じあった。カッコいい、友情《ゆうじょう》の瞬間《しゅんかん》だ。

だから、このときの「ごめん」と「うん」は、おれと日野《ひの》にとってだいじな言葉《ことば》だった。

それなのに、おれの右《みぎ》どなりの鈴木《すずき》が、おれの言《い》った「うん」を聞《き》いて、

「え？　なに？　ウンコ？」

と言《い》った。というか、聞《き》いた。

それもおれに聞《き》かずに、日野《ひの》に聞《き》いた。まるで、日野《ひの》が「ウンコ」と言《い》ったような聞《き》き方《かた》だった。

日野《ひの》はおこった。おこって鈴木《すずき》に、

「そんなこと言《い》ってないよ」

と言《い》った。そしたら、鈴木《すずき》は調子《ちょうし》にのって、

「そんなことって、どんなこと？」

わざとわからないふりをして日野《ひの》に聞《き》いた。

「さっき鈴木《すずき》くんが言《い》ったようなことだよ」

「ぼくはさっきなんて言《い》ったんだよ」

「言《い》ったじゃん、ヘンなこと」

「じゃあ、どんなヘンなこと言《い》ったのか、言《い》えよ」

「だから、それは……」

と日野《ひの》が口《くち》ごもった。

さっき川崎《かわさき》が「おしりのあな」と声《こえ》にだして言《い》いたくなかったように、日野《ひの》は人前《ひとまえ》で「ウンコ」と言《い》いたくない。

それなのに鈴木《すずき》は、「はやく言《い》えよ」という顔《かお》で、日野《ひの》をニヤニヤ見《み》つめている。

日野《ひの》のピンチだ。そして日野《ひの》は、さっきおれと友情《ゆうじょう》をかわしたばっかりの、おれのだいじな友《とも》だちだ。

おれは日野《ひの》のかわりに、

「ウンコだ」

と鈴木《すずき》に言《い》ってやった。

そしたら、日野《ひの》が顔《かお》をまっかにして、はずかしそうに小声《こごえ》で、

「バカ」

と言《い》った。

それも、鈴木《すずき》にじゃなくて、おれに言《い》った。

なんでだよ。

そう思《おも》ったとたん、休《やす》み時間《じかん》のおわりのチャイムが鳴《な》った。

六時間目《ろくじかんめ》の授業《じゅぎょう》がはじまってしばらくしたら、鈴木《すずき》がおれのつくえの上《うえ》に紙《かみ》をおいた。ノートのちぎったページを四《よ》つおりにしてある。

先生《せんせい》に聞《き》こえないよう小《ちい》さな声《こえ》で、

「それを日野《ひの》にまわして。あけちゃダメだぞ」

と鈴木《すずき》がおれに言《い》う。

おれはバカの言《い》うことは無視《むし》すると決《き》めている。だから、鈴木《すずき》が今言《いまい》ったことも無視《むし》して、速攻《そっこう》で紙《かみ》をひらいて、中《なか》を見《み》た。

思《おも》ったとおり、ウンコの絵《え》がかいてあった。

ウンコの上《うえ》には、鈴木《すずき》が黒板《こくばん》にかいていたのと同《おな》じ、おしりのあなの絵《え》がかいてある。このおしりのあなからウンコがでた、ということをあらわしたかったんだろう。

「かってに見《み》るなよお」

鈴木《すずき》が先生《せんせい》に聞《き》こえないよう小声《こごえ》でおれにもんくを言《い》った。おれはそれも無視《むし》した。

そして、鈴木《すずき》のかいたウンコの絵《え》の下《した》に、鈴木《すずき》の顔《かお》をかいた。こうしたら、鈴木《すずき》の頭《あたま》の上《うえ》にウンコがのっているように見《み》える。

鈴木《すずき》ウンコ魔神《まじん》の誕生《たんじょう》だ。

日野《ひの》の絵《え》はあんなに何度《なんど》もかきなおしたのに、鈴木《すずき》の顔《かお》はかんたんにスラスラかけた。しかも、そっくりにかけた。

あまりにもそっくりなので、おれは、自分《じぶん》でかいた絵《え》なのに、見《み》て、わらってしまった。

そしたら、先生《せんせい》に見《み》つかった。

「豊田《とよた》さん」

光岡先生《みつおかせんせい》が、おれをにらんだ。

「授業中《じゅぎょうちゅう》ですよ。なにをしてるんですか」

「なにもしてません」

と、おれがウソをついたときには、先生《せんせい》は瞬間移動《しゅんかんいどう》したみたいに、もうおれの席《せき》の前《まえ》まできていて、

「見《み》せなさい」

おれがかいた鈴木《すずき》ウンコ魔神《まじん》の絵《え》をとりあげてしまった。

おれはあわてて言《い》いわけをした。

「それをかいたのは、おれじゃありません」

「だったら、だれがかいたんですか？」

「鈴木《すずき》、じゃなくて、鈴木《すずき》さんです」

おれがそう言《い》うと、先生《せんせい》は首《くび》をかしげて、

「でも、これは豊田《とよた》さんがかいた絵《え》ですよね？」

と、おれと絵《え》をかわりばんこに見《み》た。

「先生《せんせい》は豊田《とよた》さんの絵《え》を何枚《なんまい》も見《み》せてもらってるから、
豊田《とよた》さんが絵《え》がじょうずなのをよく知《し》ってます。

この絵《え》の人《ひと》、鈴木《すずき》さんでしょ？　こんなに人《ひと》の顔《かお》を
そっくりにかけるのは、このクラスには豊田《とよた》さんしかいませんよ」

おれは、ほんとうにこまってしまった。

絵《え》がじょうずだとほめられたのはうれしいけど、先生《せんせい》の言《い》ってることはちょっとだけまちがってる。

「鈴木《すずき》さんの顔《かお》をかいたのはおれだけど、ウンコをかいたのは鈴木《すずき》さんです」

おれがそう言《い》うと、クラス中《じゅう》のみんながわらった。

鈴木《すずき》もわらった。

ふつうなら「ウンコをかいた」なんて言《い》われたらイヤがるのに、鈴木《すずき》はそんなのぜんぜん気《き》にしていない。さすがウンコ魔神《まじん》だ。

それどころか鈴木《すずき》は、調子《ちょうし》にのって、わらいながら、

「ウンコ、ウンコ、ウンコ、ウンコ〜」

と、さけんだ。そしたら、クラスのみんなが、もっとわらった。

帰《かえ》りの会《かい》がおわると、柳瀬《やなせ》トオルがわざわざ鈴木《すずき》の席《せき》までやってきて、

「おまえって、すごいヤツだなあ」

と鈴木《すずき》をほめた。

そしたら鈴木《すずき》はよろこんで、

「ウンコー」

と、へんじをした。

ウンコのことでほめられて、ウンコとへんじをしている。やっぱり鈴《すず》木《き》はウンコ魔神《まじん》だ。と、あきれながら感心《かんしん》していると、おれの横《よこ》で、

「うるさい！」

と日野《ひの》がどなった。

「なんで、ヘンなことばっかり言《い》うの」

日野《ひの》は鈴木《すずき》にすごくおこっている。

それなのに鈴木《すずき》は、

「ヘンなことなんか言《い》ってないよ〜ん」

と言《い》いながら、ヘンなおどりをおどりだした。

「ウンコって言《い》っただけだよ〜ん」

「だから、そういうことを言《い》わないでって言《い》ってんの」

日野《ひの》が鈴木《すずき》をどなった。そしたら、鈴木《すずき》はおどるのをやめて、

「なんでウンコって言《い》っちゃダメなんだ？　もしかして日野《ひの》は、ぼくにあこがれてるのか？」

と、とんでもないことを言《い》いだした。

「なんであんたにあこがれなきゃいけないのよ」

と、日野《ひの》が言《い》いかえす。

「それはぼくが、いつでもどこでも好《す》きなときに、ウンコって言《い》えるからだ」

「そんなの、だれだって言《い》えるよ」

「言《い》えないね」

「言《い》えるよ」

「だったら、おまえ、言《い》ってみろ」

と、鈴木《すずき》に言《い》われて、日野《ひの》は一瞬《いっしゅん》、ひるんだ。

けれども、すごい顔《かお》で鈴木《すずき》をにらみつけると、
顔《かお》の迫力《はくりょく》とは真逆《まぎゃく》の、よわよわしい小《ちい》さな声《こえ》で、

「ウンコ」

と言《い》った。

とたんに鈴木《すずき》が、

「うわ〜、日野《ひの》がウンコって言《い》った〜っ」

と、教室中《きょうしつじゅう》に聞《き》こえるような、でかい声《こえ》で言《い》った。

「ウンコだ、ウンコだ。日野《ひの》の正体《しょうたい》は、大怪獣《だいかいじゅう》ウンコザウルスレックスだ〜っ」

と言《い》いながら、とくいわざのヘンなおどりをおどりだした。

日野《ひの》は鈴木《すずき》のせいで、みんなの前《まえ》でウンコと言《い》わされた。くやしそうで、はずかしそうで、だから、かわいそうだった。

おれはメチャクチャ腹《はら》が立《た》ち、

「鈴木《すずき》！」

と、どなった。それなのに、鈴木《すずき》は、

「え？　な～に？」

と、とぼけた声《こえ》でへんじをする。

「日野《ひの》をいじめんな」

「いじめてないよ～ん」

「日野《ひの》にウンコって言《い》わせただろ」

「あれ～？　豊田《とよた》はウンコって言《い》えないのか～？」

「なに言《い》ってんだ、おれは言《い》えるよ」

「じゃあ、言《い》ってみろよ〜」

「なんでおれが、そんなこと言《い》わなきゃいけないんだよ」

「なんだ、ほんとは言《い》えないんだな〜」

「言《い》えるって言《い》ってんだろ」

「だったら、言《い》えよ〜」

と鈴木《すずき》に言《い》われて、おれはさけんだ。

「ウンコ、ウンコ、ウンコーッ！」

なんでだかわからないけど、これでおれは勝《か》ったと思《おも》った。でも、おれの考《かんが》えはあまかった。

おれがウンコとさけんだら、鈴木《すずき》はニヤッとわらって、こう言《い》った。

「今《いま》、豊田《とよた》にウンコって言《い》わせたのって、ぼくが豊田《とよた》をいじめたことになるのか？」

おれはアッと思《おも》った。一瞬《いっしゅん》、鈴木《すずき》に言《い》いかえせなかった。それでも、むりやり言《い》いかえした。

「おれは男《おとこ》の子《こ》だからウンコって言《い》わされてもいいんだよ。だけど、日《ひ》野《の》は女《おんな》の子《こ》だぞ」

そしたら、鈴木《すずき》はすごいことを言《い》った。

「日野《ひの》は女《おんな》の子《こ》じゃないよ〜ん。おとこおんなだよ〜ん」

そうなんだ。鈴木《すずき》はときどき、かげで日野《ひの》のことを「おとこおんな」と言《い》っている。でも、みんなの前《まえ》でそんなことを言《い》ったのは、はじめてだった。

おれは日野《ひの》をチラッと見《み》た。

日野《ひの》はすごい顔《かお》をしていた。それは泣《な》く寸前《すんぜん》の、でも、泣《な》くのをぎりぎりこらえている顔《かお》だった。

日野《ひの》だって、かげで自分《じぶん》が「おとこおんな」と言《い》われてるのは知《し》っていたと思《おも》う。

けど、かげで言《い》われるのと、面《めん》と向《む》かって言《い》われるのとは、ぜんぜんちがう。

一対一《いったいいち》で言《い》われるのと、みんなの前《まえ》で言《い》われるのは、もっとちがう。

おれはおこった。鈴木《すずき》にどなった。

「うるさい、バカ。日野《ひの》は女《おんな》の子《こ》だ」

けれども、鈴木《すずき》はふざけた声《こえ》で、

「そうじゃないよ〜ん、おとこおんなだよ〜ん」

と、まだ言《い》う。

「ちがう、日野《ひの》は女《おんな》の子《こ》だ！」

おれは上《うわ》ばきをはいた足《あし》で、教室《きょうしつ》のゆかを思《おも》いきりドンとふんだ。

「じゃあ、豊田《とよた》は日野《ひの》と結婚《けっこん》できるか？」

鈴木《すずき》がおれを見《み》てニヤッとわらう。

「できる！」

おれは速攻《そっこう》で言《い》いかえした。

そしたら、おれのうしろでだれかが、

「えっ！」

と、おどろいた。

あんまり大《おお》きな声《こえ》だったので、思《おも》わずふりかえったら、川崎《かわさき》だった。

なんでこんなときに「えっ」なんて言《い》うんだよ、と
おれが思《おも》ったその瞬間《しゅんかん》、鈴木《すずき》が、

「うわ〜っ」

と、言《い》いながらピョ〜ンとはねた。

「豊田《とよた》と日野《ひの》が結婚《けっこん》した〜」

と、さっきの川崎《かわさき》と同《おな》じくらい大《おお》きな声《こえ》でさけんだ。

それを聞《き》いた女子《じょし》のだれかが、

「すご〜い」

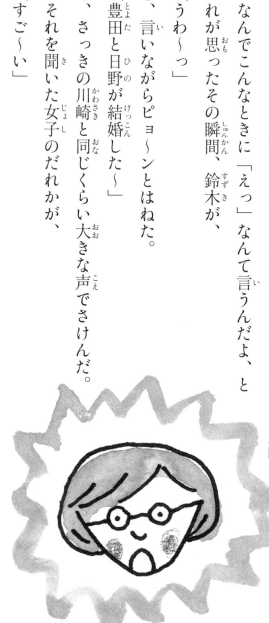

と言《い》った。

そのとたん、ほかの女子《じょし》たちがキャアキャアさけび、つられて男子《だんし》もぎゃあぎゃあわめいた。

柳瀬《やなせ》がやってきて、

「結婚《けっこん》おめでとう」

と、おれのかたをたたいた。

おれはその手《て》をふりはらい、

「おれは日野《ひの》と結婚《けっこん》なんかしない」

と、どなった。

そしたら、女子《じょし》のだれかが、

「豊田《とよた》くん、ひど〜い」

と言《い》った。

なんでだ？　なんで、おれが「ひど〜い」になるんだ。

そのとき、ガラッと教室《きょうしつ》のドアをあける音《おと》がした。

見《み》ると、日野《ひの》が教室《きょうしつ》からでていくところだった。

川崎《かわさき》が「ヒノッチ」と言《い》いながら、そのあとを追《お》いかけていく。

おれはさけんだ。

「おれは日野《ひの》と結婚《けっこん》できるって言《い》っただけで、日野《ひの》と結婚《けっこん》するなんて言《い》ってない」

すると鈴木《すずき》は、

「いっしょだも〜ん」

と言《い》いながら、ヘンなおどりをおどった。

「結婚《けっこん》できるってことは、結婚《けっこん》するって言《い》ったのと同《おな》じだも〜ん」

そしたらおどろいたことに、ほかのみんなも「そうだ、そうだ」と言《い》いだした。

おれは完全《かんぜん》におこった。

なにか言《い》ってやりたいけど、頭《あたま》の中《なか》がカッカして、なにをどう言《い》えばいいかわからない。でも、なにか言《い》わずにはいられない。

「うるさい、バカ！」

思《おも》いきりどなった。

そしてランドセルをバッとせおうと、そのいきおいでそのまま教室《きょうしつ》をとびだした。

走《はし》って、走《はし》って、走《はし》った。

一度《いちど》もとまらずに、走《はし》って家《いえ》まで帰《かえ》った。

家《いえ》に帰《かえ》ると、おれはねえちゃんたちに、鈴木《すずき》のウンコの話《はなし》とおれの結《けっ》婚《こん》の話《はなし》を一気《いっき》にした。そしたら、おれの気持《きも》ちも一気《いっき》におちついた。ねえちゃんたちは、鈴木《すずき》ウンコ魔神《まじん》の話《はなし》は完全《かんぜん》に無視《むし》したくせに、おれと日野《ひの》の結婚《けっこん》の話《はなし》には思《おも》いきり食《く》いついてきた。

そのくせ、人《ひと》の話《はなし》をちゃんと聞《き》いていないから、

「えー、すばる、結婚《けっこん》したの？」

なんて、まん中《なか》のねえちゃんは、とぼけたことを言《い》う。

「そうじゃないってば」

と、おれは言《い》った。

「おれの話《はなし》をちゃんと聞《き》いてよ。おれは日野《ひの》と結婚《けっこん》なんかしてないって」

「さっき、すばるは日野《ひの》って子《こ》と結婚《けっこん》したって言《い》ったじゃないの」

と言《い》ったのは、小《ちい》さいねえちゃんだ。

「だから、そうじゃなくて、鈴木《すずき》に日野《ひの》と結婚《けっこん》できるかって言《い》われたか

ら、『できる』って言《い》ったら、『できる』が『する』になって、『する』が『した』になったんだけど、でもおれは、結婚《けっこん》するじゃなくて、したでもなくて、ただ、できるだけで、『できる』と『した』はちがうんだ」

「すばるの言《い》ってること、よくわからないよ」

と、まん中《なか》のねえちゃんが言《い》った。

そうなんだ、おれは説明《せつめい》があんまりとくいじゃない。

「小学生《しょうがくせい》は結婚《けっこん》できないんだよ」

と、小《ちい》さいねえちゃんが言《い》った。

「そうだよ。法律《ほうりつ》で決《き》まってるの」

と、まん中《なか》のねえちゃんは、おれに言《い》ってから、

「そうだよね？　あすかちゃん」

と、大《おお》きいねえちゃんに聞《き》いた。大《おお》きいねえちゃんは、おれたちのロイヤルミルクティーをつくりながら、

「そういうのは法律《ほうりつ》なんかより、その人《ひと》の気持《きも》ちがだいじだから」

と言《い》う。

「その人《ひと》の気持《きも》ちって？」

「だから、すばるが、日野《ひの》さんのことを、ほんとうに好《す》きかどうかってこと」

と、大《おお》きいねえちゃんが言《い》うと、

「すばるは日野《ひの》さんが好《す》きなの？」

小《ちい》さいねえちゃんがおれに聞《き》いた。

「結婚《けっこん》したくらいだから、好《す》きなんだよね？」

と、これはまん中《なか》のねえちゃん。

「だから、結婚《けっこん》なんかしてないって言《い》ってるだろ」

と、おれ。

そしたら、大《おお》きいねえちゃんがテーブルにロイヤルミルクティーをおきながら、またおれに聞《き》いた。

「日野《ひの》さんって、どんな子《こ》なの？」

「べつに、ふつうだよ」

日野《ひの》の最大《さいだい》の特徴《とくちょう》は背《せ》がクラスで一番高《いちばんたか》くて、見《み》た目《め》が男《おとこ》の子《こ》っぽいことだ。けど、そのことは言《い》わないほうがいいと思《おも》った。鈴木《すずき》が日野《ひの》のことを「おとこおんな」と言《い》ったことも、ねえちゃんたちには言《い》ってない。

「わたしより美人《びじん》？」

と、小《ちい》さいねえちゃんがおれに聞《き》いた。

おれは「う〜ん」と考《かんが》えて、

「わからない」

と、こたえると、

「てことは、わたしと同《おな》じくらいってことだから、日野《ひの》さんってけっこう美人《びじん》なんだね」

と、小《ちい》さいねえちゃんは、ものすごくつごうよくなっとくした。

おれは「ぜんぜんちがう」と思《おも》ったけど、それは言《い》わなかった。

「じゃあさあ、日野《ひの》さんはすばると結婚《けっこん》したいと思《おも》ってるの？」

と小《ちい》さいねえちゃんが、またおれに聞《き》く。

それで、おれもまた「う～ん」と考《かんが》えた。

たぶん日野《ひの》もおれと結婚《けっこん》なんかしたくないはずだ。

そう言《い》おうとしたら、まん中《なか》のねえちゃんが、

「日野《ひの》さんの写真《しゃしん》ないの？」

とおれに聞《き》く。

「そんなの持《も》ってるはずないだろ」と、言《い》いかけて、思《おも》いだした。

「写真《しゃしん》はないけど、絵《え》ならある」

おれはランドセルからノートをとりだした。

そして、おれが五時間目《ごじかんめ》にかいた日野《ひの》の絵《え》を、ねえちゃんたちに見《み》せた。

「授業中《じゅぎょうちゅう》にこんなのかいちゃ、ダメなんだよ」

と、小《ちい》さいねえちゃんが、おれをしかった。

「すばるは、やっぱり絵《え》がうまいね」

と、まん中《なか》のねえちゃんが、おれをほめた。

大《おお》きいねえちゃんは、おれがかいた絵《え》をじーっと見《み》て、

「日野《ひの》さんって美人《びじん》だね」

と言《い》ったので、おれは「えーっ」とおどろいた。

「美人《びじん》じゃないよ。だっておれは、見《み》たとおりにかくんだから」

「見《み》たとおりにかいたのがこれだったら、日野《ひの》さんて、ほんとうに美人《びじん》だよ」

と、大《おお》きいねえちゃんは言《い》う。

だけど、おれはちがうと思《おも》った。美人《びじん》ていうのは、大《おお》きいねえちゃんみたいな人《ひと》のことだ。

4 鈴《すず》木《き》があいあいガサをかいた

つぎの日学校《ひがっこう》に行《い》ったら、また黒板《こくばん》にラクガキがしてあった。
あいあいガサをはさんで右《みぎ》に「とよ田《た》」、左《ひだり》に「日《ひ》の」とへタクソな字《じ》でかいてある。
黒板《こくばん》の前《まえ》でチョークを持《も》って立《た》っている鈴木《すずき》が、おれを見《み》るなり、
「ひゅーひゅー」
と言《い》った。
とたんに、教室《きょうしつ》にいる何人《なんにん》かが、わっとわらった。
おれは腹《はら》が立《た》った。
ランドセルをつくえにおくと、ずんずん黒板《こくばん》のほうへ歩《ある》いていった。
おれが黒板消《こくばんけ》しを手《て》にとると、
「消《け》すなよお」
と鈴木《すずき》が言《い》う。

おれはバカの言《い》うことは無視《むし》すると決《き》めている。そのバカが黒板《こくばん》にかいたラクガキを消《け》すなと言《い》った。だったら全力《ぜんりょく》で消《け》してやると、黒板消《こくばんけ》しを持《も》った手《て》を、黒板《こくばん》めがけて思《おも》いきりふりおろした。

その瞬間《しゅんかん》、鈴木《すずき》は自分《じぶん》のかいたラクガキを守《まも》ろうとして、おれと黒板《こくばん》のあいだにとびこんできた。黒板消《こくばんけ》しは黒板《こくばん》にはふれずに、鈴木《すずき》の頭《あたま》に思《おも》いきりあたった。

「なに、すんだよお」

と、鈴木《すずき》がおれにむしゃぶりついてくる。

おれは、おれの体《からだ》にからまりついてくる鈴木《すずき》のうでをはらいのけようと、鈴木《すずき》の頭《あたま》を黒板消《こくばんけ》しでバンバンぶった。

チョークの粉《こな》がまいあがり、鈴木《すずき》のかみがまっ白《しろ》になっていく。

とつぜん、だれかがおれのうしろで、

「やめて！」

とさけんだ。

その声《こえ》におどろいて、おれの手《て》がとまると、鈴木《すずき》もやっとおれの体《からだ》からはなれた。さっきまでの暴力《ぼうりょく》で、おれの体《からだ》はヘトヘトで、心臓《しんぞう》はバクバクだ。手《て》なんてブルブルふるえている。

ハアハア息《いき》をきらしながらふりかえると、川崎《かわさき》がおれをにらみつけていて、さっき「やめて」とさけんだのと同《おな》じ調子《ちょうし》の同《おな》じ声《こえ》で、

「すばるくん、ひどい」

と、まるでおれがわるいみたいな言《い》い方《かた》をした。

それは、川崎《かわさき》が今《いま》、教室《きょうしつ》にはいってきたところだからだ。なんでおれが鈴木《すずき》をぶつことになったのか知《し》らないからだ。

けれども、今《いま》みたいにハアハアいってるときに、なにがどうしてこうなったかなんて、そんな説明《せつめい》、いちいちしていられない。それにおれは、もともと説明《せつめい》するのは苦手《にがて》だ。

川崎《かわさき》に言《い》いたいことは、たくさんある。それなのに、その百分《ひゃくぶん》の一《いち》も言《い》えない自分《じぶん》のバカさに、ああっ、くそっ、とイライラしながら、おれはなにもいわずに、ただ黒板《こくばん》を指《ゆび》さした。

そこには、おれと日野《ひの》の名前《なまえ》がはいった、あいあいガサがかいてある。

これを見《み》たら、わるいのは鈴木《すずき》で、おれではないとわかるはずだ。

そう思《おも》っていたのに、川崎《かわさき》は黒板《こくばん》のラクガキを見《み》るなり、おこったような目《め》でおれを見《み》て、

「なんでこういうことを言《い》いふらすの？」

と、わけのわからないことを言《い》う。

「はあ？　おまえ、なに言《い》ってんだ？」

あんまりビックリしたそのショックで、さっきまでかたまっていたおれの口《くち》がスラスラとうごいた。けれど、そのおれに負《ま》けないくらいのスムーズさで、川崎《かわさき》はおれに言《い》いかえす。

「すばるくん、ヒノッチと仲《なか》いいことを、そんなにみんなに知《し》ってほしいの？」

やっとわかった。

川崎《かわさき》は、黒板《こくばん》にあいあいガサをかいたのは、おれだと思《おも》っている。

「バ、バカ、ちがうよ。それをかいたの鈴木《すずき》だ」

「万《まん》が一《いち》そうだとしても」

「万《まん》が万《まん》そうなんだよ」

「じゃあ万《まん》が五千《ごせん》そうだとしても、すばるくんがヒノッチを好《す》きなことは同《おな》じでしょ」

「なに言《い》ってんだ、同《おな》じじゃないよ」

「同《おな》じよ。だって、すばるくん、昨日《きのう》、ヒノッチと結婚《けっこん》するって言《い》ったじゃないの」

「言《い》ってないよ。それを言《い》ったのも鈴木《すずき》だ」

「どうして、なんでもかんでも鈴木《すずき》くんのせいにするの」

「なんでもかんでも鈴木《すずき》のせいだからだよ」

「だったら、すばるくんがヒノッチのこと好《す》きなのも、鈴木《すずき》くんのせいなの？」

「ちがうよ、それはちがう」

「やっぱり、ヒノッチを好《す》きなことだけは、すばるくんが自分《じぶん》で、自分《じぶん》の意志《いし》で決《き》めたのね」

「なんでそうなるんだ。そうじゃないよ。おれは日野《ひの》なんか好《す》きじゃない！」

と、最後《さいご》のひとことを、思《おも》いきり大声《おおごえ》でどなったそのとき、気《き》がついた。

いつのまにか日野《ひの》が教室《きょうしつ》にきていて、川崎《かわさき》のうしろに立《た》っていた。

そして、おこっているような、がっかりしたような、泣《な》きだしそうな顔《かお》で、おれを見《み》ている。

一時間目《いちじかんめ》は国語《こくご》の授業《じゅぎょう》だった。

「今日《きょう》は一日《ついたち》なので、出席番号一番《しゅっせきばんごういちばん》の柳瀬《やなせ》さん」

と、先生《せんせい》に言《い》われた柳瀬《やなせ》が、

「出席番号《しゅっせきばんごう》が誕生日順《たんじょうびじゅん》になってから、おれ、しょっちゅうあてられてる」

ぶつぶつ言《い》いながら、教科書《きょうかしょ》の音読《おんどく》をはじめた。

だけど、おれはもちろん、そんなのぜんぜん聞《き》いていない。

それよりも日野《ひの》だ。

日野《ひの》は、おれが川崎《かわさき》に「日野《ひの》なんか好《す》きじゃない」と言《い》ったのをたぶん聞《き》いた。

いや、絶対《ぜったい》に聞《き》いた。

でないと、あのとき、あんな顔《かお》でおれを見《み》たりしない。

でないと、あのあと、だまってなにも言《い》わずに自分《じぶん》の席《せき》について、つくえに顔《かお》をうつぶせにしたりしない。

それでも日野《ひの》はさすがで、一時間目《いちじかんめ》がはじまるチャイムが鳴《な》って、先生《せんせい》が教室《きょうしつ》にはいってきたら、不屈《ふくつ》のパワーでつくえから顔《かお》をあげて、いつもどおりの日野《ひの》にもどった。

そして今《いま》、いつもの日野《ひの》の顔《かお》で、いつものように授業《じゅぎょう》を聞《き》いている。

おれだったら、そんなこと、絶対《ぜったい》にできない。

それまで友《とも》だちだと思《おも》っていたヤツが、かげで自分《じぶん》のことを「好《す》きじゃない」と言《い》ったんだ。しかも、それをぐうぜん聞《き》いてしまったんだ。

それだけでも最悪《さいあく》なのに、そのかげ口《ぐち》を言《い》った友《とも》だちは今《いま》、自分《じぶん》のとなりの席《せき》にすわっていて、しかもそいつは……おれなんだ。

うわあ、おれって最低《さいてい》だ。

ていうか、こんなヤツ、だれの友《とも》だちでもない。

おれが日野《ひの》だったら、おれなんかとは絶交《ぜっこう》だ。

じゃあ、おれはどうすればいいいんだ？　と絶望的《ぜつぼうてき》な気持《きも》ちで考《かんが》えていると、おれのつくえの右《みぎ》はじに、四角《しかく》にたたんだ紙《かみ》がポンとおかれた。

右《みぎ》どなりを見《み》ると、鈴木《すずき》がこっちを見《み》てニヤニヤわらっている。

日野《ひの》の問題《もんだい》がでかすぎて、すっかりわすれていたけれど、おれはちょっと前《まえ》に鈴木《すずき》をぶっている。

その鈴木《すずき》が、おれになにかかいた紙《かみ》をよこした。しかもニヤニヤわらいながら、だ。

なんだ、こいつ、どういうつもりだ？

またおれとケンカするつもりか？

おれは、鈴木《すずき》がよこした紙《かみ》をひらいて、中《なか》を見《み》た。

「せっかく日野《ひの》とケッコンしたのに、もうリコンだ〜」

と、かいてあった。

なんだ、これは。

おれはメチャクチャ腹《はら》が立《た》った。

こうなったのも、全部《ぜんぶ》、おまえのせいじゃないか。
つうか、おれは、日野《ひの》と結婚《けっこん》なんかしていない。
結婚《けっこん》もしてないのに、離婚《りこん》ができるか、バカ。
「だったら、おまえが日野《ひの》とケッコンしろ」
そう紙《かみ》にかいて、おれは鈴木《すずき》にわたした。
そしたら、鈴木《すずき》はそれを見《み》るなり、
顔《かお》をまっかにした。
え？　なんで？　なに、その反応《はんのう》？
と思《おも》っていると、鈴木《すずき》はこまったような、
よろこんでいるような顔《かお》で、紙《かみ》になにかかき、
つくえの下《した》からおれにわたした。
「それはムリ」
と、その紙《かみ》にかいてあった。

なんでムリなんだ？

鈴木《すずき》の言《い》うことは意味《いみ》がわからない。

「なんで？」

おれは紙《かみ》にかいて聞《き》きかえした。すると、

「日野《ひの》はび人《じん》だから」

と、鈴木《すずき》がかいてかえしてきた。

「び人《じん》」ってなんだ？　と考《かんが》えたのは一瞬《いっしゅん》だった。わかったとたんに、

「美人《びじん》か」

思《おも》わず声《こえ》にだして言《い》ってしまった。しかも、けっこうな大声《おおごえ》で。

けれども、今《いま》は授業中《じゅぎょうちゅう》だ。

先生《せんせい》がおこった声《こえ》で、

「豊田《とよた》さん、どうしたんですか？」

と、おれに聞《き》いた。

「だれが美人《びじん》なんですか？」

あんまりタイミングよく聞《き》かれたので、おれは反射的《はんしゃてき》に、「日野《ひの》です」と言《い》いそうになった。それだけは必死《ひっし》のパワーでこらえた。

でも、そう言《い》うかわりに、おれは思《おも》わず日野《ひの》のほうを見《み》てしまった。

そしたら日野《ひの》もおれのほうを見《み》ていたので、おれと日野《ひの》はその瞬間《しゅんかん》ばっちり目《め》があってしまった。

とたんにだれかが、

「うわー、日野《ひの》と豊田《とよた》が見《み》つめあってる」

と、さけんだ。声《こえ》のするほうを見《み》たら、柳瀬《やなせ》だった。

「見《み》つめあってなんかいない」と、おれが言《い》いかえすよりさきに、女子《じょし》が集団《しゅうだん》で、

「きゃー」

と、さけび、男子《だんし》が集団《しゅうだん》で、

「うわー」

と、わめいた。先生《ぜんせい》が、

「しずかにしなさい」

と、どなると、みんなはよけいにさけんで、わめいた。

だから、だれも気《き》がついていないみたいだった。

いつもだったら、こういうとき一番《いちばん》にさわぐ鈴木《すずき》が、ぜんぜんさわいでいないことに。

一時間目《いちじかんめ》がおわって、先生《せんせい》が教室《きょうしつ》からでていった。

とたんに柳瀬《やなせ》がおれの席《せき》のほうにやってきた。柳瀬《やなせ》の鼻《はな》が、とくいげにぴくぴくうごいている。

それを見《み》ただけで、柳瀬《やなせ》がこれからなにをしようとしているのかわかった。さっきの、おれと日野《ひの》が見《み》つめあっていたという話《はなし》を、みんなの前《まえ》でもう一度《いちど》言《い》うつもりだ。
今度《こんど》はそれをとめる先生《せんせい》はいないし、ほかのみんなも柳瀬《やなせ》がそう言《い》う
のを期待《きたい》している。
ピンチだ、とおれは思《おも》った。
この場《ば》からにげだしたい。
でも、そんなことしたら、柳瀬《やなせ》からにげるみたいでカッコわるい。
うー、どうしよう、とこまっていると、おれのとなりで鈴木《すずき》がいきな
り立《た》ちあがり、
「うわー、ウンコがもれそうだぁぁ」
とさけんだ。
そして、「もれる、もれる」といいながら、はげしく腰《こし》をふりだした。
おれはビックリしたし、柳瀬《やなせ》もビックリした。
たぶん、ほかのみんなもビックリした。

その証拠《しょうこ》に、みんな、そろっていっせいに、鈴木《すずき》からはなれていった。

おれもにげようとしたのだけど、おれの席《せき》は鈴木《すずき》のすぐとなりだから、イスから立《た》ちあがったとたん、あっさり鈴木《すずき》につかまってしまった。

「わー、バカ」

とおれは、鈴木《すずき》の手《て》を思《おも》いっきりの力《ちから》でふりほどこうとした。

ところが、鈴木《すずき》は意外《いがい》と怪力《かいりき》で、おれの手《て》をぐいぐいひっぱると、かんたんにおれを教室《きょうしつ》の外《そと》につれだしてしまった。

そしてそのいきおいのまま、ろうかを

トイレに向《む》かってずんずん歩《ある》いていく。

「おまえ、おれをトイレにつれていく気《き》か」

おれは鈴木《すずき》にひっぱられながら、さけんだ。

「おれはおまえとつれウンなんかしないぞ」

すると鈴木《すずき》は立《た》ちどまり、

「えっ、おまえ、学校《がっこう》でウンコするのか？」

と、おどろいた。

「豊田《とよた》って勇気《ゆうき》あるなあ」

なんでウンコのことで、ウンコ魔神《まじん》におどろかれないといけないんだ。

「おれはウンコなんかしないよ。するのはおまえだろ」

「えっ、なんで？」

「おまえ、今《いま》さっき、ウンコもれそうだって、腰《こし》をふってたじゃないか」

「豊田《とよた》、おまえ、ウンコ歴何年《れきなんねん》だ？　ウンコがもれそうになったことないのか？　ほんとうにウンコがもれそうなときに、腰《こし》なんかふれるはずないだろ」

「あっ、そうか」

そう言《い》われると、そうだ。やっぱり鈴木《すずき》はウンコ魔神《まじん》だけあって、ウンコのことはよく知《し》っている。

「だったら、なんでウンコもれそうって言《い》って、腰《こし》をふったんだよ」

「じゃないと、柳瀬《やなせ》がまた日野《ひの》にヘンなこと言《い》いそうだっただろ」

そうだったのか。

鈴木《すずき》は日野《ひの》をかばって、「ウンコがもれそう！」とさけんだんだ。

おれはビックリした。

すげー、と思《おも》った。

さすがウンコ魔神《まじん》だ、と見《み》なおした。

これまでは鈴木《すずき》のことをバカにしてウンコ魔神《まじん》とよんでいたけど、これからは尊敬《そんけい》の念《ねん》をこめてウンコ魔神《まじん》とよぼう。

そう決《き》めたとき、もっとだいじなことに気《き》がついた。

鈴木《すずき》は、「柳瀬《やなせ》がまた日野《ひの》にヘンなことを言《い》いそうだった」と言《い》った。

「だったら、おまえが日野《ひの》にヘンなことを言《い》うのはいいのか」

おれが聞《き》くと、鈴木《すずき》はポカンとした顔《かお》で、

「え？　ぼく、いつ、日野《ひの》にヘンなこと言《い》った？」

と、逆《ぎゃく》におれに聞《き》きかえしてきた。

自覚《じかく》がないのか！

やっぱり鈴木《すずき》はバカだ。バカのウンコ魔神《まじん》だ。一瞬《いっしゅん》でも尊敬《そんけい》してそんした。

教室《きょうしつ》にもどると、黒板《こくばん》に大《おお》きくウンコの絵《え》がかいてあった。そして、その横《よこ》に「鈴木《すずき》は学校《がっこう》でウンコした」とヘタクソな字《じ》でかいてある。

柳瀬《やなせ》がかいたんだ。柳瀬《やなせ》はバカだ。バカは無視《むし》するのが一番《いちばん》いい。

おれがそう思《おも》っていると、鈴木《すずき》がスタスタと歩《ある》いて行《い》き、黒板《こくばん》のウンコの絵《え》の前《まえ》で、

「ウンコ〜ッ！」

とさけんで、腰《こし》をひとふりした。

みんながギョッとして、鈴木《すずき》を見《み》た。

けれども、つぎの瞬間《しゅんかん》、鈴木《すずき》はなにもなかったみたいに、ふつうの顔《かお》で、しずかに自分《じぶん》の席《せき》にもどっていった。

みんな、あっけにとられて、なにも言《い》わなかった。

黒板《こくばん》のウンコのラクガキはそのままだったけど、みんなの気持《きも》ちは今《いま》の鈴木《すずき》の「ウンコ〜ッ！」にすっかり持《も》っていかれてしまった。

だからラクガキは、あってもないのと同《おな》じになった。

さすが鈴木《すずき》だ、とおれが感心《かんしん》していると、二時間目《にじかんめ》のチャイムが鳴《な》っ

て、先生《せんせい》が教室《きょうしつ》にはいってきた。

先生《せんせい》は黒板《こくばん》をチラッと見《み》ると、一《いち》ミリも表情《ひょうじょう》をかえず、黒板《こくばん》についたゴミをとるみたいに、ラクガキをさーっと一瞬《いっしゅん》で消《け》した。

柳瀬《やなせ》のウンコは、鈴木《すずき》のウンコ攻撃《こうげき》と先生《せんせい》の黒板消《こくばんけ》しのひとふきで完《かん》ぺきにほうむりさられた。

先生《せんせい》は、なにもなかったかのように、

「みんな、かがみを持《も》ってきましたか？」

と、おれたちに聞《き》いた。

それで、おれはようやく思《おも》いだした。

二時間目《にじかんめ》は、図画工作《ずがこうさく》の時間《じかん》だ。

もちろんおれはかがみを持《も》ってきていた。

5

おれは日《ひ》野《の》の顔《かお》の絵《え》をかいた

昨日《きのう》の晩《ばん》、母《かあ》ちゃんに、

「図工《ずこう》の時間《じかん》に、学校《がっこう》のつくえの上《うえ》に立《た》てられるような小《ちい》さなかがみがいるんだ」

と言《い》うと、

「そういうのは、母《かあ》ちゃんは持《も》ってないから、ねえちゃんたちにかりなさい」

と、母《かあ》ちゃんが言《い》った。

それで、おれはねえちゃんたちの部屋《へや》にしのびこみ、小《ちい》さいねえちゃんのかがみをこっそり持《も》っていこうとした。

ところが、かんたんに見《み》つかってしまい、小《ちい》さいねえちゃんとケンカになった。そしたら、それを見《み》た大《おお》きいねえちゃんが、自分《じぶん》のかがみをおれにかしてくれた。

そのかがみをおれは、ランドセルからとりだした。

われないように、ていねいにタオルでまいてある。

すると、そのタオルの中《なか》から、
かがみがもう一枚《いちまい》でてきた。

小《ちい》さいねえちゃんのかがみだ。

おれとケンカしたあと、
こっそりおれのランドセルの中《なか》にいれておいてくれたんだ。

おれは帰《かえ》ってから、小《ちい》さいねえちゃんに「ありがとう」と言《い》おうと決《き》めた。ついでに、「昨日《きのう》は、ブスって言《い》ってゴメン」と、あやまろうとも決《き》めた。

そんなことを考《かんが》えながら、大《おお》きいねえちゃんがかしてくれたほうのかがみをつくえにおいたとき、先生《せんせい》が言《い》った。

「今日《きょう》は、みんなに耳《みみ》の絵《え》をかいてもらいます」

とたんにみんな、「えーっ！」と言《い》った。おれも言《い》った。

耳《みみ》ってなんだよ。

いや、おれは耳《みみ》がなにかは知《し》っているよ。知《し》っているから、「えーっ！」と、もんくのさけび声《ごえ》をあげたんだ。

おれからしたら、絵《え》というのは、カッコいいものやキレイなもの、あと、おもしろいものを、かくものだ。

耳《みみ》なんて、カッコよくないし、キレイでもないし、かいてておもしろくもない、たぶん。なんでそんなものの絵《え》をかかなきゃいけないんだ。

おれが心《こころ》の中《なか》で、ぶつぶつもんくを言《い》っていると、

「耳《みみ》なんか、ヘンだ」

と柳瀬《やなせ》が堂々《どうどう》とでかい声《こえ》で言《い》った。

柳瀬《やなせ》もたまにはいいことを言《い》う。と、おれが柳瀬《やなせ》をちょっと見《み》なおしてやっていると、

「どうしてですか？」

先生《せんせい》はふしぎそうに柳瀬《やなせ》に聞《き》いた。

「ヘンだから」

「どうヘンなんですか？」

「えーと、形《かたち》が」

「ふうん、そうですか。それじゃあ」

と言《い》うと、先生《せんせい》は自分《じぶん》の目《め》を指《ゆび》さし、

「目《め》はヘンな形《かたち》をしていますか？」

と聞《き》くなり、黒目《くろめ》をかわいく、くるりんとうごかしてみせた。

おれは「あっ」とおどろいた。

おれはこれまで人《ひと》の顔《かお》を、目《め》だけ意識《いしき》して見《み》たことがない。でも、そのときはじめてちゃんと見《み》た目《め》は、とてもキレイだった。

柳瀬《やなせ》もおれと同《おな》じことを思《おも》ったんだろう。

「へ、ヘンじゃありません」

と、ちょっとびびりながらこたえた。

すると先生《せんせい》は、自分《じぶん》の鼻《はな》を指《ゆび》さし、

「じゃあ、鼻《はな》はどうですか？」

と今度《こんど》は柳瀬《やなせ》だけではなく、クラスの全員《ぜんいん》に聞《き》いた。

そしたら何人《なんにん》かの女子《じょし》が、教室《きょうしつ》のあちこちから、

「ヘンじゃない」

「ヘンじゃありません」

「ヘンなことない」

と言《い》った。

先生《せんせい》がニコッとほほえみ、
かみの毛《け》をかきあげ、
みんなに耳《みみ》を見《み》せて、

「では、耳《みみ》は？」

と聞《き》いた。

それを見《み》て、おれにもやっとわかった。

耳《みみ》はぜんぜんヘンじゃない。

それどころか、先生《せんせい》の耳《みみ》はとてもキレイだ。

みんなもそう思《おも》ったみたいで、クラスの全員《ぜんいん》が声《こえ》をあわせて、

「ヘンじゃない」

と言《い》った。その中《なか》には、みんなの声《こえ》にこっそりまぎれて「キレイ」と言《い》った女子《じょし》もいた。おれも、じつはそう言《い》った。

「目《め》や鼻《はな》や口《くち》にくらべると、耳《みみ》はちゃんと見《み》てもらう機会《きかい》があまりありません。でも、それだと、せっかくの耳《みみ》がかわいそうだし、もったいないです」

と先生《せんせい》が言《い》った。

「ですから、今日《きょう》は耳《みみ》を絵《え》にかいてみましょう。なにかを絵《え》にかくというのは、そのなにかをじっくり見《み》るのに、一番《いちばん》いい方法《ほうほう》です」

あっ、そうか、とおれは思《おも》った。言《い》われるまで気《き》がつかなかったけど、そう言《い》われると、たしかにそうだ。

やっぱり光岡先生《みつおかせんせい》の図工《ずこう》の時間《じかん》はおもしろい。

いつもかならず「へー」と思《おも》うことがある。

それくらいおもしろい図工《ずこう》の時間《じかん》なのに、クラスで鈴木《すずき》だけ、かがみを持《も》ってきてなかった。そのくせ先生《せんせい》が、

「鈴木《すずき》さん、かがみを持《も》ってくるのをわすれちゃったの？」

と聞《き》くと、

「ぼくは、わすれていません」

と、ぜんぜん反対《はんたい》のことを言《い》う。

「ちゃんとおぼえていたから、ママに言《い》ったんだ。明日《あした》、学校《がっこう》にかがみ

を持《も》っていかないといけないから、ママのかがみ、かしてって。そしたら『ダメ』って言《い》われちゃったんです」

「まあ」

先生《せんせい》はビックリした。

「どうして鈴木《すずき》さんのお母《かあ》さんは、鈴木《すずき》さんにかがみをかしてくれなかったのかしら？」

「それは、おととい、そのかがみで、ぼくが自分《じぶん》のおしりのあなをうつして見《み》たからです」

「あっはっは」

さっきまでおすまし顔《がお》だった先生《せんせい》が、大口《おおぐち》をあけてわらった。

「それで、お母《かあ》さん、おこっちゃったのね？」

そう言《い》うと、先生《せんせい》はまた「あっはっは」とわらった。そして、ようやくわらいおわると、

「でも、かがみがないのは、こまりましたね」

と言《い》うので、

「だったら、おれのを鈴木《すずき》さんにかします」

と、おれは言《い》った。

「おれ、よぶんに一枚《いちまい》持《も》ってきたから」

それはまあ、お礼《れい》のつもりだった。

さっきの休《やす》み時間《じかん》に、柳瀬《やなせ》がおれと日野《ひの》にヘンなことを言《い》おうとして、それを鈴木《すずき》がウンコで阻止《そし》してくれた、そのお礼《れい》だ。

それでも鈴木《すずき》にかがみをかすときは、ちゃんと注意《ちゅうい》はした。

「これ、ねえちゃんのかがみだから、絶対《ぜったい》にこのかがみでおまえのおしりのあなを見《み》るなよ」

そしたら、みんながわらった。

鈴木《すずき》もわらったし、先生《せんせい》もわらった。左《ひだり》どなりの席《せき》のほうからも、わらい声《ごえ》が聞《き》こえてきた。

もしかして、日野《ひの》もわらってるのか？　それも、おれの言《い》ったことで。

おれはふりかえって、日野《ひの》がわらっているかどうかたしかめたいと思《おも》った。でも、勇気《ゆうき》がなくて、ふりかえれなかった。


みんな、いっせいに耳《みみ》の絵《え》をかきはじめた。

ところが、おれだけかけなかった。かがみの位置《いち》がなかなか決《き》まらないんだ。

つくえの上《うえ》のどこにどうかがみをおいても、おれの耳《みみ》が絵《え》にかきやすいようにかがみにうつらない。

くそーっ、とイライラしながら、かがみの角度《かくど》をちょっとずつかえていく。

すると、ある瞬間《しゅんかん》、ぐうぜん、おれのかがみに日野《ひの》の横顔《よこがお》がうつった。

かがみの中《なか》の日野《ひの》は、真剣《しんけん》な顔《かお》でまっすぐ前《まえ》を見《み》ている。たぶん、自《じ》分《ぶん》のかがみにうつった自分《じぶん》の耳《みみ》を見《み》ているんだろう。かがみごしにおれに見《み》られていることなんて、ぜんぜん気《き》づいていない。

だからおれは、日野《ひの》の顔《かお》をじっくり見《み》ることができた。

日野《ひの》の見《み》た目《め》が男《おとこ》の子《こ》っぽいのは、かみの毛《け》を耳《みみ》がでるほど、みじかく切《き》っているから、というのもある。

その日野《ひの》の耳《みみ》が、おれのかがみの中《なか》では、一番手前《いちばんてまえ》の、おれに一番見《いちばんみ》えやすいところにうつっている。

その耳《みみ》は、先生《せんせい》の耳《みみ》に負《ま》けないくらいキレイな形《かたち》をしていた。しかも全体《ぜんたい》がピンク色《いろ》で、ピンクはおれの一番好《いちばんす》きな色《いろ》だ。

そう思《おも》ったときには、おれはクレヨンのはこの中《なか》から、ピンク色《いろ》を手《て》にとっていた。

そして気《き》がついたら、かがみを見《み》ながら、日野《ひの》の耳《みみ》を画用紙《がようし》にかいて

いた。

耳《みみ》ってフシギだ。

こんなにかわった形《かたち》をしているのに、よく見《み》ると、キレイで、カッコよくて、かいていておもしろい。

そんなふうに考《かんが》えながらかいていると、クレヨンを持《も》つ手《て》がかってにどんどんうごいていく。どこに、なにを、どうかけばいいのか、手《て》がすっかり知《し》っているみたいだ。

だから、絵《え》はあっというまに、できあがってしまった。

いつもだと、ここでおれはいきなりヒマになる。

ところが、今回《こんかい》はそうはならなかった。

おれは耳《みみ》の大《おお》きさをまちがえてかいていた。

ほんとうは画用紙《がようし》いっぱいにかかないといけなかったのに、おれは日《ひ》野《の》の耳《みみ》を、画用紙《がようし》のまん中《なか》に、実物大《じつぶつだい》くらいの大《おお》きさにかいてしまった。

だから、画用紙《がようし》には絵《え》をかくスペースが、まだまだたくさんある。

そしておれのかがみには、日野《ひの》の耳《みみ》だけでなく、日野《ひの》の横顔全部《よこがおぜんぶ》がうつっている。

おれは、画用紙《がようし》の中《なか》の耳《みみ》を中心《ちゅうしん》にして、絵《え》をひろげていった。

まず耳《みみ》の横《よこ》のほっぺたを絵《え》にかいた。

つぎに、ほっぺたの上《うえ》の目《め》をかく。

絵《え》にかくというのは、じっくり見《み》るということだ、と先生《せんせい》が言《い》っていたけど、ほんとうだ。

おれはじっくり見《み》たおかげで、日野《ひの》のひとみの色《いろ》が黒《くろ》ではなく、うす茶色《ちゃいろ》なことに気《き》がついた。

そうか、だから日野《ひの》は、顔《かお》のふんいきが人《ひと》とちょっとちがうんだ。

だから、日野《ひの》はおこっても、わらっても、いつもシュッとしてるんだ。

あっ、いや、ちがう。そうじゃない。

日野《ひの》が日野《ひの》らしいのは、そういう見《み》た目《め》のことだけじゃなくて……と、頭《あたま》にうかぶいろんなことを、おれはそのまま画用紙《がようし》にうつしていった。

そうやっておれは、日野《ひの》の鼻《はな》をかき、口《くち》をかき、あごをかいた。

そして、まゆ毛《げ》とおでこをかいたところで、なぜだかとつぜん、手《て》がとまり、つぎの瞬間《しゅんかん》、気《き》がついた。

絵《え》が完成《かんせい》してるんだ。

おれが気《き》がつくよりさきに、おれの手《て》がそのことに気《き》がついた。

おれは画用紙《がようし》から少《すこ》し体《からだ》をはなし、絵《え》の全体《ぜんたい》を見《み》わたした。

そして、あっとおどろいた。

絵《え》の中《なか》の日野《ひの》が美人《びじん》なんだ。

なんでだ？

なんかミスったか？

ううん、そんなことはない。

自分《じぶん》で言《い》うのもなんだけど、この絵《え》はじょうずにかけている。

でも、だったらどうして、こんなに日野《ひの》が……と、おれがそこまで考《かんが》えたとき、

「おい、豊田《とよた》」

いきなり、鈴木《すずき》から声《こえ》をかけられて、おれは心臓《しんぞう》がとまりそうなほどビックリした。

このままだと、画用紙《がようし》に日野《ひの》の顔《かお》の絵《え》をかいていたことが、しかも、その日野《ひの》を美人《びじん》にかいていたことが、バレてしまう。

おれはレイ点《てん》ゼロゼロ一秒《いちびょう》で、画用紙《がようし》のおもてうらをひっくりかえした。

「かがみ、ありがとう。おしりのあなは見《み》てないぞ。耳《みみ》のあなは見《み》たけど」

そう言《い》って、おれにかがみをかえそうとした鈴木《すずき》は、おれのつくえの上《うえ》の画用紙《がようし》を見《み》るなり、

「えーっ」

と、おどろいた。あんまりおどろいたので、おれにかえさなきゃいけないかがみも、まだ手《て》に持《も》ったままだ。

「豊田《とよた》、おまえ、なにしてんだ。もう授業《じゅぎょう》がおわるのに、なにもかいてないじゃないか」

まさか鈴木《すずき》にそれを言《い》われるとは。

でも画用紙《がようし》のおもてうらを逆《ぎゃく》にしたら、たしかにこっちにはおれはなにもかいていない。このままだと、おれは絵《え》を提出《ていしゅつ》できない。

おれは半分《はんぶん》ヤケクソで、まっ白《しろ》な画用紙《がようし》に、ピンクのクレヨンで、でっ

かく数字《すうじ》の「3」をかいた。

すると、それを見《み》た鈴木《すずき》が、

「うわー、すげえ」

と言《い》った。

「それ、耳《みみ》だよな？　豊田《とよた》、その絵《え》は、おまえの最高傑作《さいこうけっさく》だ」

鈴木《すずき》がほめたのも当然《とうぜん》で、この絵《え》はじつは鈴木《すずき》のマネっこだった。

だいぶ前《まえ》の図工《ずこう》の時間《じかん》に、鈴木《すずき》は画用紙《がようし》に大《おお》きく「2」とだけかいたことがあった。題名《だいめい》は「白鳥《はくちょう》」で、そのとき、おれは心《こころ》の中《なか》で「へーっ」と感心《かんしん》したんだ。

先生《せんせい》がパンパンと手《て》をたたいた。そろそろ絵《え》を提出《ていしゅつ》する時間《じかん》という合図《あいず》だ。

「はい、時間《じかん》です。うしろの席《せき》から、画用紙《がようし》をあつめて、前《まえ》におくっていってください」

と先生《せんせい》が言《い》った。

「絵《え》のうらに自分《じぶん》の名前《なまえ》をかくのをわすれないように」

そんなこと、すっかりわすれていた。

おれは大《おお》あわてで、絵《え》のうら側《がわ》におれの名前《なまえ》をかいた。

6

川崎《かわさき》がおれの絵《え》をあてた

二時間目《にじかんめ》がおわると、二十分《にじゅっぷん》の中休《なかやす》みだ。

雨《あめ》が一瞬《いっしゅん》あがったので、グラウンドにでて遊《あそ》んでいたら、すぐにまたふりだした。おれたちは、あわてて校舎《こうしゃ》にもどった。

教室《きょうしつ》では先生《せんせい》が、さっきおれたちがかいた耳《みみ》の絵《え》をうしろのかべにはっているところだった。

気《き》のはやい人《ひと》たちは、はりおわるのをまちきれず、先生《せんせい》の背中《せなか》ごしに絵《え》を見《み》ている。

先生《せんせい》が教室《きょうしつ》からでていくと、おれもかべの前《まえ》に行《い》って、絵《え》を見《み》た。

かべ一面《いちめん》が、全部耳《ぜんぶみみ》の絵《え》だから、かなり迫力《はくりょく》がある。

みんなもそう思《おも》ったんだろう。

「すげえ」

「すごーい」

「みみみみみ」

と言《い》いながら、それぞれ思《おも》い思《おも》いに、絵《え》を見《み》だした。

おれは、全部《ぜんぶ》の絵《え》をのこさずちゃんと見《み》たかったから、かべの左上《ひだりうえ》にはってある絵《え》からその右《みぎ》へと、一枚《いちまい》ずつ順々《じゅんじゅん》に見《み》ていった。

どの絵《え》も、ただ耳《みみ》だけをかいている。それなのに、一枚《いちまい》も同《おな》じ絵《え》がない。

耳《みみ》は、耳《みみ》だけで、顔《かお》くらい個性《こせい》がある。だから、耳《みみ》の絵《え》をかくと、それが自然《しぜん》と自画像《じがぞう》みたいになるんだ。

ふーん、そうか、そうだったのか、と感心《かんしん》しながら、三枚目《さんまいめ》の絵《え》を見《み》おわり、四枚目《よんまいめ》を見《み》たとたん、

「あれ？」

おれはその絵《え》から、とつぜんなにかを感《かん》じた。

もしかしてこの絵《え》は？　と、そのなにかの正体《しょうたい》がうっすらわかりかけてきたとき、

「えーっ！」

だれかが、教室《きょうしつ》のはじっこで、でかい声《こえ》でさけんだ。

「見《み》て、見《み》て」

と、そのだれかが言《い》うと、ほかのだれかが、

「あっ」

と、おどろき、

「こんなのかいて、いいの」

と、またちがうだれかが言《い》った。

なんだ、なんだ？　どうしたんだ？

おれも、その声《こえ》がしたほうへ行《い》き、みんなが見《み》ている、かべの一番右《いちばんみぎ》はじにはってある絵《え》を見《み》た。

おどろいた。

それは、おれがかいた絵《え》だった。

それも「3」のほうではなく、日野《ひの》の横顔《よこがお》の絵《え》だ。

おれは「3」とかいたほうをおもてにして提出《ていしゅつ》したのに、先生《せんせい》は、おれがうら側《がわ》にかいた日野《ひの》の顔《かお》のほうをおもてだとかんちがいして、かべにはったんだ。ほかは全部耳《ぜんぶみみ》の絵《え》なのに、おれの絵《え》だけが人《ひと》の顔《かお》をかいているから、すごく目立《めだ》つ。それでみんな、さわいでいるんだ……。

そう思《おも》っていたのに、そうではなかった。

まず女子《じょし》のだれかとだれかが、

「これ、ヒノッチだよね」

「うん、そっくり」

「やっぱり、ヒノッチは美人《びじん》だニャー」

と言《い》いだした。

すると、男子《だんし》のだれかが、

「そうかなあ？」

と、もんくをつけた。

「美人《びじん》つーより、この絵《え》の日野《ひの》って、女子《じょし》のくせにカッコよすぎない？」

さっきの女子《じょし》が、

「わかってないなあ」

と、言《い》いかえした。

「キレイなだけじゃ、美人《びじん》じゃないの。女《おんな》の子《こ》はね、キレイで気持《きも》ちがカッコいい女《おんな》の子《こ》のことを美人《びじん》って言《い》うんだよ」
そうなのか。
そんなこと、おれは知《し》らなかった。
だけどおれは、絵《え》にはそうかいている。
あっ、そうか。
絵《え》をかくときのおれの手《て》は、おれの頭《あたま》よりも頭《あたま》がいいんだ。
頭《あたま》でわかるよりさきに、手《て》が日野《ひの》のことをかってに、そうかいた。
おれの手《て》、すげえ。
だとすると、おれは少《すこ》しだけ、絵《え》がうまくなったんだ。
おれは、ぐるりとまわりを見《み》まわして、日野《ひの》のすがたをさがした。
ところが、日野《ひの》はどこにもいない。すると、
「あーっ！」
今度《こんど》は男子《だんし》のだれかがさけんだ。

「日野《ひの》の絵《え》のはしっこに『豊田《とよた》』ってかいてある」

しまった〜〜〜っ！

おれは心《こころ》の中《なか》で大音量《だいおんりょう》でさけんだ。

先生《せんせい》が「絵《え》のうらに名前《なまえ》をかきなさい」と言《い》ったので、おれは「3」をかいたそのうら側《がわ》に「豊田《とよた》」とかいた。

それは、名前《なまえ》をかいたほうがうら側《がわ》だよ、というシルシのつもりでもあった。だから、日野《ひの》の顔《かお》の絵《え》のほうに「豊田《とよた》」とかいたときは、自分《じぶん》がヘンなことをしているとは、ぜんぜん思《おも》わなかった。

でも、よく考《かんが》えたら、日野《ひの》の顔《かお》の横《よこ》におれの名前《なまえ》があるのはヘンだ。

みんなもそう思《おも》ったんだろう。

「なんで、日野《ひの》の顔《かお》の絵《え》に『豊田《とよた》』ってかいてあるんだ？」

「なんで？」

「どうして？」

「わからないニャー」

と、あちこちで同《おな》じことを言《い》っている。

けれども、このなぞは永久《えいきゅう》にとけないだろう。

だって、実際《じっさい》にそこに「豊田《とよた》」とかいたおれが、その理由《りゆう》をじょうず
に説明《せつめい》できないくらいなんだから。と思《おも》っていたら、

「そんなこともわからないのか」

と柳瀬《やなせ》が自信満々《じしんまんまん》の声《こえ》で言《い》った。

「日野《ひの》は豊田《とよた》と結婚《けっこん》しただろ。それで名字《みょうじ》が豊田《とよた》にかわったんだ」

え――――っ！

ちがう、ちがう、ちがう！　それ、ぜんぜんちがうぞ！

おれがそう言《い》うよりさきに、みんなは、

「そっかー」

「ニャーるほど」

「言《い》えてる」

「きゃー」

と、かってになっとくして、大《おお》もりあがりだ。

このままだと、日野《ひの》が自分《じぶん》の顔《かお》を美人《びじん》にかいて、そこに「豊田《とよた》」と自《じ》分《ぶん》のあたらしい名字《みょうじ》をかいたことになってしまう。

うわーっ、たいへんだ！　と、おれがパニックになっていると、川崎《かわさき》がみんなの前《まえ》にでてきて、

「ちがうよ」

と柳瀬《やなせ》に言《い》った。

「その絵《え》をかいたのはヒノッチじゃない」

「じゃあ、だれがかいたんだよ」

柳瀬《やなせ》がすかさず聞《き》きかえした。というより、強《つよ》めの声《こえ》で言《い》いかえした。

自分《じぶん》の言《い》ったことに反対《はんたい》した川崎《かわさき》が気《き》にいらないいんだ。

「すばる……じゃなくて、豊田《とよた》くん」

と川崎《かわさき》は言《い》った。川崎《かわさき》はおれとしゃべるときは、おれのことを「すばるくん」と言《い》うのに、ほかの人《ひと》におれのことを言《い》うときは「豊田《とよた》くん」とか「豊田《とよた》さん」と言《い》う。

柳瀬《やなせ》はバカにしてわらった。

「川崎《かわさき》ってほんとマジ単純《たんじゅん》だな。ここに『豊田《とよた》』ってかいてあるから、この絵《え》をかいたの、豊田《とよた》だと思《おも》ったんだろ。だけど、そうじゃないんだよ。さっきのおれのするどい推理《すいり》を聞《き》いてなかったのか。日野《ひの》が豊田《とよた》と結婚《けっこん》して、それで名字《みょうじ》がかわって……」

「名前《なまえ》を見《み》て言《い》ってるんじゃないの！」

川崎《かわさき》がめずらしく大声《おおごえ》をだした。

「絵《え》だけ見《み》て、言《い》ってるの。その絵《え》をかいたのは、豊田《とよた》くんなの」

「おまえ、なにヘンなこと言《い》ってんだよ」

柳瀬《やなせ》が川崎《かわさき》をバカにしてわらった。

「絵《え》を見《み》ただけで、だれがかいたかなんて、わかるはずないだろ」

「わかるの！」

「なんでわかるんだよ」

「すばるくんの絵《え》が好《す》きだから」

「うわ〜、愛《あい》の告白《こくはく》だ〜」

と、柳瀬《やなせ》がでかい声《こえ》で言《い》った。

「川崎《かわさき》が『すばるくんが好《す》き』って言《い》った〜」

「そんなこと言《い》ってない」

と言《い》いかえした川崎《かわさき》の顔《かお》は泣《な》きそうで、しかもくやしそうだった。

おれは頭《あたま》にきた。

自分《じぶん》でも気《き》づかないうちに、みんなのかたまりの中《なか》から、一歩《いっぽ》前《まえ》にでて、

「柳瀬《やなせ》！」

と、柳瀬《やなせ》をどなりつけていた。そして、「その絵《え》をかいたのはおれだ」と言《い》おうとした。

ところが、おれがそう言《い》うよりさきに、日野《ひの》が教室《きょうしつ》にもどってきた。

そして、おれと柳瀬《やなせ》のあいだにはさまって泣《な》きそうな顔《かお》をしている川《かわ》崎《さき》を見《み》た。そのとたん、

「ヒミコちゃんに、なにしたんだよー」

柳瀬《やなせ》にどなり、おれをにらんだ。

おれと柳瀬《やなせ》が川崎《かわさき》をいじめてると思《おも》ったんだ。

おれは「ちがう」と言《い》おうとしたんだけど、おれよりさきに川崎《かわさき》が、

「そうじゃないの」

と、日野《ひの》に言《い》った。そして、おれがかいた絵《え》を指《ゆび》さして、

「すばるくんが、ヒノッチの絵《え》をかいたの」

と言《い》った。

日野《ひの》は一瞬《いっしゅん》「はあ？」という顔《かお》をした。

川崎《かわさき》がいじめられていると思《おも》ったのに、その川崎《かわさき》からいきなりおれの絵《え》のことを言《い》われたので、わけがわからなくなったんだろう。

それでも日野《ひの》は、川崎《かわさき》に言《い》われるまま、川崎《かわさき》が指《ゆび》さすおれの絵《え》を見《み》た。

そして見《み》るなり、

「えっ」

と小《ちい》さい声《こえ》でおどろいた。

「これが、あたし？」

「うん」

川崎《かわさき》がすごくとくいげに、うなずいた。まるでその絵《え》をかいたのが川《かわ》崎《さき》で、じょうずにかけたでしょと、じまんしてるみたいだった。

「でも、あたし、こんなにキレイじゃないよ」

日野《ひの》がこまったような顔《かお》で言《い》うと、

「ううん、ヒノッチは美人《びじん》さんだよ」

と川崎《かわさき》は言《い》った。

「クラスで、そのことに気《き》づいてないの、ヒノッチだけだよ」

日野《ひの》がすかさずなにか言《い》いかえそうとした。けど、それよりさきに川《かわ》崎《さき》が、「でもね」と言《い》った。

「でも、すばるくんがヒノッチのことをきらいだったら、ヒノッチをこんなにキレイにはかけなかったよ」

そして、また言《い》った。

「だから、今朝《けさ》、すばるくんがヒノッチのこと好《す》きじゃないって言《い》ったの、あれ、ほんとうにそう思《おも》って言《い》ったんじゃないんだよ。あれを言《い》わせたの、わたしなの。わたしがすばるくんに、あんなひどいこと言《い》わせちゃったの。だから、すばるくんはわるくないの。わるいのは、わたしなの。ゴメンね、ヒノッチ、ゴメン」

そう言《い》うなり、川崎《かわさき》の顔《かお》がくしゃくしゃになって、目《め》から涙《なみだ》があふれでた。日野《ひの》は、

「ヒミコちゃん」

と言《い》うなり、川崎《かわさき》にかけよった。

すると、柳瀬《やなせ》が、

「えー、なに、マジ?」

と、マヌケな声《こえ》でさけんだ。

「じゃあ、その絵《え》をかいたの、日野《ひの》じゃないのか?」

おれはあきれた。今《いま》このときに、そういうことを言《い》うか。

すると、鈴木《すずき》が柳瀬《やなせ》の前《まえ》にでてきて、

「おまえって、ほんっとバカだな」

と、おれが思《おも》っていたとおりのことを柳瀬《やなせ》に言《い》ってくれた。

そして、かべのまん中《なか》あたりにはってある一枚《いちまい》の絵《え》を指《ゆび》さした。

「日野《ひの》がかいた絵《え》は、あれだ」

みんな、ビックリして、鈴木《すずき》の指《ゆび》さす絵《え》を見《み》た。

そして、いっせいに、

「えーっ？」

と言《い》った。

かべにはたくさん耳《みみ》の絵《え》がはってある。いくら一枚《いちまい》ずつ個性的《こせいてき》にかいてあっても、耳《みみ》だけかいた絵《え》を見《み》て、だれがかいたかわかるはずがない。

みんな、そう思《おも》ったんだ。

柳瀬《やなせ》もそう思《おも》ったみたいで、すごく意地《いじ》わるそうにわらうと、

「はずれてたら、針千本《はりせんぼん》だからな」

と言《い》うなり、鈴木《すずき》が指《ゆび》さした絵《え》のガビョウをはずしだした。

かべから絵《え》をはずして、絵《え》のうらにかいてある作者《さくしゃ》の名前《なまえ》を見《み》るつもりだ。

柳瀬《やなせ》はかべから絵《え》をはがすと、みんなの見《み》ている前《まえ》で、くるりと絵《え》をひっくりかえした。

すると、そこにはちゃんと、「日野《ひの》レイ」と、かいてあった。

みんなは、

「うわー、すげえ」

「神《かみ》の目《め》だ」

「鈴木《すずき》マジック！」

と、すごいさわぎだ。

けれども、柳瀬《やなせ》だけはこの結果《けっか》になっとくできないみたいで、

「だったら、この絵《え》はだれがかいたんだ」

と、今度《こんど》はおれがかいた日野《ひの》の絵《え》のガビョウをはずしだした。

だけど、そんなことをしても意味《いみ》がないんだ。

だって、その絵《え》のうら側《がわ》には「3」としか、かいてないんだから。

おれがそう思《おも》っていると、ガビョウをはずしおえた柳瀬《やなせ》は、画用紙《がようし》の「3」とかいてある面《めん》をみんなに見《み》せながら、

「ほら、みろ。やっぱりこっちが日野《ひの》がかいた絵《え》だった」

と言《い》いだした。

はあ？　なにいってんだ、こいつは、と、おれがあきれていると、

「3は日野《ひの》の出席番号《しゅっせきばんごう》なんだよ」

と柳瀬《やなせ》がとくいげに言《い》った。

「日野《ひの》は名前《なまえ》のかわりに自分《じぶん》の出席番号《しゅっせきばんごう》をかいたんだ」

「えーっ」

なんなんだ、その最悪《さいあく》のぐうぜんの一致《いっち》は。

というか、それ、むりやりのこじつけじゃないか。だけど、そんなふうに言《い》われたら、反論《はんろん》できない。

みんながおどろき、おれがおどろき、日野《ひの》までおどろいているその中《なか》で、鈴木《すずき》だけがよゆうの顔《かお》で、柳瀬《やなせ》に言《い》った。

「おまえ、なんで、日野《ひの》の出席番号《しゅっせきばんごう》なんか、すぐにわかるんだ」

するとと柳瀬《やなせ》が、

「あーっ！」

と言《い》って、顔《かお》をまっかにした。

それで、柳瀬《やなせ》も日野《ひの》が好《す》きだったことが、一瞬《いっしゅん》でみんなにバレた。

7 おれも川《かわ》崎《さき》の絵《え》をあてた

「今日《きょう》のおやつのドリンクは、すばるの好《す》きなミルクセーキだよ」

大《おお》きいねえちゃんがそう言《い》っていたので、帰《かえ》りの会《かい》がおわったとたん、おれは教室《きょうしつ》をとびだした。

そして、校門《こうもん》を走《はし》りぬけ、ドドドドドドドドと百《ひゃく》メートルダッシュしたところで、思《おも》いだした。

鈴木《すずき》からかがみをかえしてもらってない。

たいへんだ。

あれは、小《ちい》さいねえちゃんがおれにかしてくれた、だいじなかがみだ。

おれはさっきの二倍速《にばいそく》で学校《がっこう》にもどった。

教室《きょうしつ》にはいると、もうだれもいないと思《おも》っていたのに、川崎《かわさき》がいたから、ビックリして、

「なんで？」

と聞《き》くと、

「先生《せんせい》に用事《ようじ》をたのまれてたの」

と言《い》う。

「あっ、そうか、川崎《かわさき》、学級委員《がっきゅういいん》だもんな」と言《い》おうとすると、それよりさきに川崎《かわさき》が、

「すばるくんは？」

なんで学校《がっこう》にいるの、と聞《き》いてきたので、

「あっ、そうだ」

おれは学校《がっこう》にもどってきた理由《りゆう》を思《おも》いだし、あわてて自分《じぶん》のつくえの中《なか》を見《み》た。

かがみがあった。

鈴木《すずき》があとで気《き》がついて、おれのつくえの中《なか》にいれておいてくれたんだ。

「わすれもの」

と言《い》いながら、おれは手《て》に持《も》ったかがみを川崎《かわさき》に見《み》せた。

そしたら、川崎《かわさき》はいきなりおれに、

「ゴメンね」

と言《い》った。

「ヒノッチにはゴメンて言《い》ったのに、すばるくんにはまだ言《い》ってなかった」

おれはわけがわからない。

おれはわすれものの話《はなし》をしてるのに、なんで日野《ひの》の話《はなし》がでてくるんだ。

それよりなにより、なんで川崎《かわさき》がおれにあやまるんだ。

「なんで、おまえがおれにゴメンなんだよ」

「ヒノッチと仲《なか》いいの、わたしがジャマしたから」

またその話《はなし》か、とおれはあきれた。

「だから言《い》ってんだろ。おれは日野《ひの》のことなんか好《す》きじゃないよ」と、おれは言《い》いかけて、でも言《い》わずにあわてて、あたりを見《み》た。

もしもそんなことを言《い》って、また日野《ひの》に聞《き》かれたらたいへんだ。

それにおれは、図工《ずこう》の時間《じかん》に自分《じぶん》の耳《みみ》の絵《え》をかかずに、日野《ひの》の顔《かお》の絵《え》をかいたことで、「豊田《とよた》は日野《ひの》が好《す》きだ」が確定《かくてい》している。

もう今《いま》さらそのことでグチャグチャ言《い》うのはイヤだ。それでおれが言《い》いわけするのをあきらめてだまっていると、

「ヒノッチ、モテモテだね」

と川崎《かわさき》が言《い》った。

「すばるくんでしょ、柳瀬《やなせ》くんでしょ、それに鈴木《すずき》くん」

おれは、

「えっ」

と、おどろいた。

「なんでおまえ、鈴木《すずき》が日野《ひの》のこと好《す》きなの、知《し》ってるの？」

だって、そのことを知《し》っているのは、クラスでおれだけのはずだ。それなのに川崎《かわさき》は、

「そんなのわかるよ」

と、あっさり言《い》う。

「鈴木《すずき》くん、かべにはってある絵《え》の中《なか》から、一発《いっぱつ》でヒノッチのかいた絵《え》、あてたでしょ。ヒノッチのこと好《す》きじゃないと、絵《え》を見《み》ただけで、ヒノッ

チがかいたってわかるはずないよ」
そう言《い》って、川崎《かわさき》はとくいげにニコッとほほえんだのだけど、一瞬《いっしゅん》あとに、
「あっ」
と、小声《こごえ》でさけぶなり、顔《かお》をかくすみたいにうつむいた。
川崎《かわさき》も、「すばるくんがかいた絵《え》は、絵《え》を見《み》ただけでわかる」と、いつも言《い》っている。
それって、鈴木《すずき》と同《おな》じじゃないか。
だったら、おれだって言《い》ってやる。
「おい、川崎《かわさき》」
おれは、かべにはってある中《なか》の、一枚《いちまい》の絵《え》を指《ゆび》さした。
それは、はじめて見《み》たときに「あれ？」と、なにかを感《かん》じた絵《え》だ。
なんか気《き》になり、でもなんで気《き》になるのかわからなかったけれども、

今《いま》は、なんで気《き》になったのか、よくわかる。

おれは川崎《かわさき》に言《い》った。

「あの絵《え》をかいたの、おまえだろ」

そう言《い》って、おれがニカッとわらってやると、川崎《かわさき》はビックリした顔《かお》でおれを見《み》た。

「えーっ、なんでわかったの？」

でもすぐに、おれがなんでわかったのかがわかったんだろう。川崎《かわさき》はいきなり顔《かお》がまっかになった。

まるで花《はな》みたいだ。

そう思《おも》ったとたん、おれは川崎《かわさき》のその顔《かお》をものすごく絵《え》にかきたくなった。

あとがき

こんにちは。ぼく、鈴木《すずき》ヒロト。

さっき作者《さくしゃ》の本田《ほんだ》さんがこの本《ほん》の登場人物全員《とうじょうじんぶつぜんいん》をあつめて、

「あとがきにでたい人《ひと》、いますか？」

と、きいたとき、

「はーい、はーい」

と手《て》をあげたのが、ぼくだけだったので、ぼくがあとがき担当《たんとう》になりました。

柳瀬《やなせ》は、「そういうのは作者《さくしゃ》か、でなかったら、お話《はなし》の主人公《しゅじんこう》がでてやるもんだ」って、もんくを言《い》ってたけど、それはちがうとぼくは思《おも》うんだ。

この話《はなし》に登場《とうじょう》しているひとりずつ全員《ぜんいん》が、それぞれ主人公《しゅじんこう》なんだからね。

ぼくがそう言《い》ったら、本田《ほんだ》さんは「あっ、そうか」って、感心《かんしん》してた。

作者《さくしゃ》って、あんがい、自分《じぶん》がかいたお話《はなし》のことを知《し》らないみたいだね。

その証拠《しょうこ》に、本田《ほんだ》さんはこの本《ほん》は、豊田《とよた》や、ぼくや、川崎《かわさき》や、日野《ひの》の話《はなし》だと思《おも》っている。

それはそうなのかもしれないけど、でもこの本《ほん》は、豊田《とよた》や、ぼくや、川崎《かわさき》や、日《ひ》野《の》がかいた、絵《え》の話《はなし》でもあるんだ。

ぼくがそのことに気《き》づいたのは、ぼくは国語《こくご》の時間《じかん》にかかされる作文《さくぶん》はきらいだけど、図画工作《ずがこうさく》の時間《じかん》にかく絵《え》は大好《だいす》きだからだ。

そう言《い》ったら、本田《ほんだ》さんがまた「えーっ、そうだったの」っておどろいてた。

ぼくが絵《え》をかくのが好《す》きだってことを知《し》らなかったみたいだ。

豊田《とよた》はうんうんってうなずいているから、知《し》ってたんだな。さすが、豊田《とよた》だ。

今《いま》、これを読《よ》んでるきみはどうだろう?

この本《ほん》を読《よ》んで、ぼくも気《き》づかなかったことを発見《はっけん》してくれたら、ぼくはすごくうれしいです。

鈴木《すずき》ヒロト

作　**本田久作**（ほんだ・きゅうさく）
1960年大阪府生まれ。落語作家・小説家・ライターとして、幅広い分野で活躍中。落語協会新作落語台本募集優秀賞に「幽霊蕎麦」、国立演芸場台本募集佳作入選に浪曲「竜田川歌相撲」など受賞多数。児童書に「江戸っ子しげぞう」シリーズ（ポプラ社）、『NEW HORIZON 青春白書 Unit1　新学期がはじまる前に…』（東京書籍）、小説に『開ける男』『開かない錠はありません!』（ともにポプラ社）、著書に『からぬけ落語用語事典』（パイ インターナショナル）などがある。

絵　**市居みか**（いちい・みか）
1968年兵庫県生まれ。主な絵本作品に『ろうそくいっぽん』（小峰書店）、『ねこのピカリとまどのほし』（あかね書房）、「こぶたのブルトン」シリーズ（アリス館）、『ぼくだってトカゲ』（文研出版）、『さつまいもおくさん』（小学館）、挿絵作品に『がっこうかっぱのイケノオイ』（童心社）、「ゆかいなことば　つたえあいましょうがっこう」シリーズ（くもん出版）など多数。滋賀県の山あいの町で、夫、息子、猫のラムネと在住。

ポプラ物語館 93

おれはケッコンした

2024年12月　第1刷

作・本田久作　絵・市居みか

発行者　加藤裕樹
編　集　井出香代
発行所　株式会社ポプラ社
〒141-8210　東京都品川区西五反田3-5-8　JR目黒MARCビル12階
ホームページ www.poplar.co.jp
印刷・製本　中央精版印刷株式会社

Designed by 楢原直子（ポプラ社デザイン室）

© Kyusaku Honda, Mika Ichii 2024
ISBN978-4-591-18396-0　N.D.C.913/143p/21cm　Printed in Japan

落丁・乱丁本はお取り替えいたします。
ホームページ（www.poplar.co.jp）のお問い合わせ一覧よりご連絡ください。

読者の皆様からのお便りをお待ちしております。いただいたお便りは著者にお渡しいたします。

本書のコピー、スキャン、デジタル化等の無断複製は著作権法上での例外を除き禁じられています。
本書を代行業者等の第三者に依頼してスキャンやデジタル化することは、
たとえ個人や家庭内での利用であっても著作権法上認められておりません。

P4035093